〔小学5—6年级〕

想照彩照的大熊猫

杜霞 赵万里 吕翠梅 主编

让这些有魔力的文字打破你的思维定式 放飞想象的翅膀 奠定人生的基石

最佳新思维
儿童文学读本

济南出版社

图书在版编目(CIP)数据

想照彩照的大熊猫／赵万里,吕翠梅主编.
—济南:济南出版社,2013.12(2014.2 重印)
(最佳新思维儿童文学读本／杜霞主编)
ISBN 978 – 7 – 5488 – 1083 – 4

Ⅰ.①想…　Ⅱ.①赵…　②吕…　Ⅲ.儿童故事—作品集—世界　Ⅳ.①I18

中国版本图书馆 CIP 数据核字(2013)第 266578 号

最佳新思维儿童文学读本
想照彩照的大熊猫

丛书策划	郭　锐
责任编辑	郭　锐　丁洪玉
装帧设计	侯文英
封面绘画	红　岩
内文插图	赵德杰　崔韵文　奇麟笔　徐　豪
出版发行	济南出版社
地　　址	山东省济南市二环南路 1 号(250002)
电　　话	(0531)86131730　　86131735
网　　址	www.jnpub.com
经　　销	各地新华书店
印　　刷	山东省东营市新华印刷厂
版　　次	2013 年 12 月第 1 版
印　　次	2014 年 2 月第 2 次印刷
开　　本	880×1230　1/32
印　　张	7.5
字　　数	145 千字
定　　价	22.00 元

法律维权　0531 – 82600329

(济南版图书,如有印装错误,可随时调换)

让阅读启迪思维

杜 霞

创造了《第56号教室的奇迹》的"全美最佳教师"雷夫,曾这样阐述阅读的重要价值和作用:"我要我的学生爱上阅读。阅读不是一门科目,它是生活的基石,是所有和世界接轨的人们乐此不疲的一项活动。如果要让孩子在长大后成为与众不同的人——能考虑他人观点、心胸开阔、拥有和他人讨论伟大想法的能力——那么,阅读是一个必要的基础。"

阅读,是生活的基石,更是思想成长、思维发展的动力和源泉。"问渠那得清如许?为有源头活水来。"心灵的澄明、思想的清新、思维的活跃,都需要时时补充新知,都需要不断从书籍中汲取智慧和力量。

叶圣陶先生曾说:"语文课的主要任务是训练思维,训练语言。"高中语文新课标对写作的明确要求是"在表达实践中发展形象思维和逻辑思维,发展创造性思维",正式将"发展思维"确定为课程评价的维度和全面提高学生语文素养的标准。而思维品质的提升,无疑需要我们及早抓起,需要我们有意识地在语言的训练中引入"思维的体操",引导孩子通过拓展阅读视野,融汇旧学新知,克服思维定势,开放思维空间,循序渐进地培养思维的灵活性和创造性。

"读书破万卷,下笔如有神。"阅读带来思维的提升,而思维的提升则会激发创作的欲望和热情,促进语言表达能力的提高。阅读,是语言素材的积累,也是语言规律的习得。关于阅读与写作的关系,学者张中行先生曾有过精辟的论述:其一,"多读,熟了,笔未着纸,可用的多种表达方式早已蜂拥而至,你自然可以随手拈来,不费思索就顺理成章";其二,"进一步,多读,熟悉各种表达方式,领会不同笔调的短长轻重,融会贯通,还可以推陈出新,把意思表达得更圆通,更生动";其三,"吸收思想,包括各种知识";其四,学"思路",即条理,"既有内容可写,又熟悉如何表达,作文的困难自然就没有了"。所以,要真正解决小学阶段普遍存在的作文难、怕作文的问题,我们还是需要抓住根本,从阅读积累和思维拓展入手,激发写作的内部驱力,在广博的阅读中寻找到写作新的生长点。

因此,我们推出这套《最佳新思维儿童文学读本》,不是一味追求技巧、求新求怪,而是力图冲破长久以来语文教学的僵化和保守,关注语文教育的真实需求,让孩子们通过阅读这些文质兼美的文字,与文本展开丰富的对话与交流,在不断的积累和借鉴中,拓宽视域、激活想象,进而提升思维品质,促进表达能力和写作能力的提高。无论是故事和寓言中传达的经验和智慧,还是童话里展示的奇幻之旅;无论是散文中的"小中见大,平中见奇",还是小说里的"意料之外,情理之中"……都力求通过创设情境,从不同的层面和维度培养孩子们的形象思维、辩证思维、发散思维、逆向思维等,使阅读的

过程也成为一个思维训练的过程，在与优秀文字的不断亲和中，激发创造性思维，奠定成功人生的基石。

如果真的有天堂，那么一定是图书馆的模样——这不仅仅是大作家博尔赫斯的美好心愿，更是所有爱读书的人的共同看法。阅读好的图书，就是一次次与神性和美丽相遇的过程。让这些有魔力的文字，冲破我们的思维定式，点燃灵感的火花，放飞想象的翅膀。让思想在阅读中日渐丰厚，让精神在阅读中日渐丰美，让生命在阅读中绽放最绚烂的花朵！

2013 年 10 月于北师大

目录

故事多棱镜

3　世界上最响的声音 /〔美国〕贝杰明·爱尔钦 著　平波 译

9　想照彩照的大熊猫 / 鲁沂东 著

23　得天独厚的星球 / 郑允钦 著

25　小鬼和小商人 /〔丹麦〕安徒生 著　叶君健 译

28　小狐狸买手套 /〔日本〕新美南吉 著　周龙梅 彭懿 译

34　穷苦的富人 /〔俄国〕克雷洛夫 著　韦苇 译

37　想变得像牛一样大的青蛙 /〔法国〕拉封丹 著　张曼玲 译

奇幻的心灵之旅

41　奥菲丽娅的影子剧院 /〔德国〕米切尔·恩德 著　何姗 译

51　老路灯 /〔丹麦〕安徒生 著　石琴娥 译

60　雪窗 /〔日本〕安房直子 著　彭懿 译

80　猫的天堂 /〔法国〕左拉 著　刘半农 等译

87 狐狸和驴子 / [俄国] 克雷洛夫 著　韦苇 译

88 南柯太守 / [唐] 李公佐 著　王贤 改写

成长的秘密

93 流浪汉查利 / [美国] 拉塞尔·霍本 著　王世跃 译

101 烟斗 / [美国] 凯·韦瑟斯比 著　张云皋 译

105 西瓜熟了 / [美国] 波尔顿·迪尔 著　朱怀治 译

115 流浪汉与小男孩 / [阿根廷] 莱·巴尔莱塔 著　朱景冬 译

121 胆小鬼 / 三毛 著

128 卖白菜 / 莫言 著

生命的假设

137 两条路 / [德国] 里克特 著

139 假如给我三天光明 / [美国] 海伦·凯勒 著

145 多活一小时 / 冯骥才 著

148 孩子，这样去做一个人 / 张梅 著

151 希望戒指 / [法国] 弗里达·戴维森 著　乔长森等 译

自然的心，沉静的眼

159 我家的财富 / [日本] 德富芦花 著　兰明 译

161 我的梦开始的地方 / 迟子建 著

165 消逝的钟声 / 史铁生 著

169　归牧／缪崇群 著

171　蝉鸣／龙应台 著

175　没有一棵小草自惭形秽／毕淑敏 著

意料之外，情理之中

181　两位国王和两座迷宫／[阿根廷] 博尔赫斯 著　陈凯先 译

183　达摩克利斯之剑／[美国] 威廉·贝内特 著　何吉贤等 译

185　幸福人的衬衣／[意大利] 卡尔维诺 著　王干卿等 译

189　奇怪的机器人／[日本] 星新一 著

192　老鼠找妻子／[法国] 玛丽·德·法兰西 著　吴冀风 译

194　老房子三号／[南斯拉夫] 贝洛奇 著　叶君健 译

特殊的环境，特殊的人

201　为我唱首歌吧／[英国] 艾德里安 著　唐林 文军 译

206　桥边的老人／[美国] 海明威 著　宗白 译

210　差不多先生传／胡适 著

214　父亲／[美国] 罗伊·波普金 著　董博 译

217　宋妈／林海音 著

故事多棱镜

有没有哪个孩子不喜欢故事？童年时最大的幸福，就是倚在外婆或妈妈的怀里听故事。

那些有故事的夜晚，月光如水，秋虫呢喃……枕着故事香甜入眠，梦境也如万花筒一般五色迷离，神奇绽放。

有人的地方就有故事，讲故事，仿佛是上苍赋予人类的与生俱来的能力。故事就像多棱镜一样，映照着生活的万千风貌。我们从故事里窥视到了岁月深处的秘密，完成了人生的准备和预演，而那些超越凡俗的故事，则会在不知不觉中把我们带入一个迥然不同的世界，让我们学会用新的视角，重新打量我们的生活。

世界上最响的声音

［美国］ 贝杰明·爱尔钦 著　平波 译

从前，世界上有一个最吵闹的地方，叫作砰砰城。砰砰城里的居民从来不轻声细语地说话，总是大叫大嚷。他们城里的鸭子是全世界叫得最响的，他们关门的声音是全世界最响的，连警察吹起哨子来，也是全世界最刺耳的。城里的人对此感到十分自豪。他们最喜欢唱的歌是：

使劲关门，
跺响地板。
白天我们吼叫，
夜晚我们打鼾。
砰砰！砰砰！

砰砰城里所有爱吵闹的居民中，要数喧闹王子闹得最厉害了。尽管他还不满六岁，可是制造喧闹声的本事比大人还大。他喜欢大喊大叫，喜欢把锅子盘子放在一起敲得当当响，同时嘴里还不停地吹哨子。

　　他最爱玩的游戏是爬上梯子,把许多金属垃圾箱和铁皮桶堆得很高很高,然后猛地把它们推倒,发出震天的响声。他一次又一次地把这些东西堆起来,越堆越高,推倒时发出的响声也越来越大。可是他还是不满足,喧闹王子渴望听到世界上最响的声音。

　　再过几个星期就是王子六周岁的生日了,他的父亲,也就是砰砰城的国王,问他想得到什么东西作为生日礼物。

　　"我想听世界上最响的声音。"喧闹王子回答说。

　　"好,"国王说,"到那天我将命令皇家鼓手敲一整天的鼓,让他们敲出响得出奇的鼓声。"

　　"我早已听过了,"王子抱怨说,"那不是世界上最响的声音。"

　　"那么,"国王又许诺说,"我还要命令所有的警察都吹起响得出奇的哨子。"

"那些我也听过了，"喧闹王子说，"还是不够响。"

"你听我说，"国王说，"到那天我再命令所有的学校都放假，叫小孩子们一整天待在家里不停地使劲关门，把门关得特别响，怎么样？"

"这还差不多。"喧闹王子说，"但是这还算不上是世界上最响的声音。"

国王是个慈祥的父亲，可现在他也开始不耐烦了。"你到底在想些什么呀？"他问，"你有什么好主意？"

"当然。"喧闹王子回答说，"那么我来告诉你这些日子我一直盼望的东西。我想让世界上所有的人在同一时刻发出叫喊。如果千百万人一齐叫喊起来，我想那一定是世界上最响的声音。"

这个主意国王越考虑越喜欢。"这一定很有趣。"他心里说，"另外，我将成为历史上第一个让世界上所有的人在同一时刻做同一件事的国王。"

"对，我来试试看。"

于是，砰砰城的国王开始忙碌起来。他派出了上百个信使到各个国家去，从最炎热的丛林之国，到最寒冷的冰岛之国。每天用电报、手鼓、汽车、信鸽、飞机和狗拉的雪橇传送着成千的信息。不久，回信开始接二连三地寄来了。

所有的人听到这个主意都很喜欢，并且都愿意尽

力。看来全世界都为这个想法激动起来了——所有活着的人将在同一时刻发出声音。

时间一星期一星期地过去,王子的生日越来越近,人们也越来越兴奋了。在每一个国家里,人们成天除了谈论喧闹王子的生日,别的什么也不谈。全世界没有一个村庄没张贴用本国语言写的告示,告诉人们大声喊叫的精确的当地时间。到那时人们将齐声高喊:"生日快乐!"

一天下午,在离砰砰城很远的一个城市里,一个妇女正在跟她的丈夫谈论王子的生日。她说:"有个问题一直在折磨着我,如果我自己叫得那么响,怎么才能听到别人的喊声呢?我听到的只能是自己的声音。"

"你说得不错。"她丈夫说,"我们和其他人一样张大嘴,但是别发出声音。这样,当其他人声嘶力竭地高喊的时候,我们则一声不吭,好好听听这种喊声。"看来这是个好主意。

这个妇女好心地把这个办法告诉了邻居,她的丈夫也出于好心把这个办法告诉了他公司里的朋友们。这些朋友也好心地告诉了他们的朋友,他们的朋友又告诉了朋友的朋友。

不久,全世界的人,甚至砰砰城里的人都在私下里互相转告,到那个时刻不要喊出声来,只把嘴张开,这样他们就能听到其他人发出的全部喊声了。

没有人想弄糟王子的生日庆典,每个人只是这么想：在千百万人的喊声中，不会缺少我一个人的声音，其他人在喊叫时，我不发出声音也无关紧要，这样我就可以仔细听了。

那个重要的时刻越来越近了。在全世界每一个角落，人们都成群结队地汇集到他们平时集合的地方。全世界的眼睛都注视着那些大钟，它们嘀嗒响着送走一秒又一秒的时间。极度兴奋的心情像电流一样传遍了全球。在砰砰城里，人们的情绪当然就更加热烈了。

成千上万的人挤满了皇宫前面的广场，他们欢呼着，叫喊着。而在高高的阳台上，年轻的王子正高兴地等待着那世界上最响的声音。

只剩下十五秒钟……十秒钟……五秒钟……到了！

二十亿人都竖起了他们的耳朵，搜寻着那世界上最响的声音——可是二十亿人什么也没有听到，到处是一片寂静。为了能听到别人的喊声，所有的人都没有发出声音。每个人都希望别人把工作干完，而自己能悠闲地在旁边享受一番。

那么，一向以吵闹闻名的砰砰城怎么样了呢？它也是一片寂静。这可是它一百年来的头一次。砰砰城里的居民没有用最响的声音给他们的王子祝寿，而是一个个悄然无声，使他们的王子很难堪。这时他们一个个低着脑袋，准备悄悄地溜走。突然，他们又停下了。那是什么声音？就是从那高高的阳台上发出来的。这是真的吗？王子正高兴地拍着手，幸福地笑着。一

点不错,王子兴高采烈地指着花园的方向。他生平第一次听到了小鸟的歌唱声,听到了微风在树叶间的低语声,听到了小溪潺潺的流水声。他有生以来第一次听到了大自然的声音,而不是砰砰城里往日的喧闹声。他第一次得到了"安静"这个礼物,他喜欢极了。

现在,砰砰城再也不吵闹了,到那里去旅游的人们会看到这样的牌子:

欢迎您到砰砰城来

砰砰城——安静之乡

砰砰城里的居民现在说起话来轻声细语,他们以拥有全世界最安静的鸭子、关起来声音最轻的门、哨子吹得最柔和的警察而自豪。

想照彩照的大熊猫

鲁沂东 著

熊猫谷里有一只长得最漂亮的大熊猫，名字叫明雅，因为长得漂亮，所以她也像许多漂亮的小姑娘一样，格外喜欢照相。

一个春日的午后，明媚的阳光从窗口射进屋里，屋里温暖而明亮。明雅吃饱了饭，懒洋洋地斜躺在沙发上，美滋滋地欣赏自己厚厚的一摞影集。

看着看着，她脸上的笑容僵硬了，皱起了眉头，思考着一个不怎么让人开心的问题：为什么小猴、小鹿、小兔、小猪、小牛、小羊、小狗、小猫、小鸡等等，都有彩色照片，而我照来照去却都是黑白的呢？天啊！我真的有点土老帽了，竟然连一张彩色照片也没有，气死我了——一张也没有！

明雅从沙发上溜下来，抱着一摞影集，气呼呼地去找野驴摄影师亚辉讨个说法。

她一脚踹开摄影棚的门，摄影师亚辉正在工作台前修理他那台老掉牙的照相机，台子上摊了一堆大大小小、奇形怪状的零件。由于老是鼓捣不好它，野驴

亚辉本来就烦得要发疯了，这下子又被人忽然吓了一跳，他的老脸拉得更长了，没好气地说："我以为来了强盗呢，原来是一只笨熊猫啊！你把礼帽忘在家里了吗？"说完，他不无夸张地伸长脖子，哈哈大笑。

"笑什么笑？你还笑得出来，看你干的好事！"明雅踢了驴屁股一脚，将影集哗啦一下摊在操作台上，一下子就把那堆零件淹没了。

"哎哟——我的大小姐，你这是砸人饭碗啊！小心点好不好？哎哟——我的宝贝疙瘩呀！"

"还宝贝呢，简直是一堆破烂，快扔到垃圾箱里去吧！"明雅撇着嘴说。

摄影师这才发现，熊猫小姐今天是带着气来的，他这才一本正经地问："请问上帝，您有什么不满意的吗？"

"当然有了，想不到这么多年来你一直在糊弄我——我交了照彩照的钱，你给我照的却都是黑白照片，有你这么欺负人的吗？"

"不可能，绝对不可能！"野驴的犟脾气上来了，"你这是对我的侮辱——我老驴从来都以顾客为上帝！"

说着，他打开了一本粉红色的影集，一下子惊呆了：可不是嘛，影集里明雅的照片全是黑白的。汗水从额头顺着他的长脸流下来，他结结巴巴地说："这……这……真的不怪我，谁……谁让你长得这个样子来着！"

明雅晃着大脑袋撒娇似的说:"长什么样子我不管,反正我是你的顾客,是你的上帝,你必须百分之百地满足我的要求——我要照好多好多的彩照,把它们寄给远在美国芝加哥的明鑫姑姑。不然,哼,别怪我不客气,我要打12315维权电话!"

"这……这……可如何是好?"摄影师龇着黑黄的豁牙说,"哎哟,我一着急,牙疼又犯了,哎哟哟……疼死老驴我了!"

这时,亚辉的助手小猴聪聪推门进来了,他弄明白了情况后,笑嘻嘻地说:"这还不简单嘛,亚老师您只要给她穿件花衣服就行了。"说完,他就跳到衣架边去找道具。

明雅噘着嘴说:"不行,绝对不行!那不是我的花衣裳。"

亚辉说:"我给您染色吧!"

明雅噘着嘴说:"不行,绝对不行!染了色,毛发就像被狗舔的一样难看。"

聪聪说:"染完后我再用吹风机给你吹干,不就行了嘛!"

明雅摇着头说:"不行,更不行,染发和吹风都会伤发的!"

亚辉说:"这也不行,那也不行,干脆我在你的照片上直接上色得了!"

聪聪高兴地跳起来说:"对呀,对呀,还是师傅有

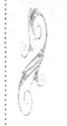

办法，这又快又省事！"

明雅急得泪都要流出来了，她一连声地说："不行，绝对不行！这个老办法土得掉渣，别说寄到美国去，就连傻瓜也知道是假的呀！"

"那……那……老驴我就真的技穷啦！"亚辉泄气地瘫坐在一条长条凳上。

"这可怎么办啊？"聪聪急得抓耳挠腮，"唉——看来我要改名了，要改成笨笨了……"

咚咚咚，响起了一阵敲门声。随着一声"请进"，老狐狸列娜领着两个孩子进来了。老驴亚辉一见列娜，喜上眉梢，忙恭恭敬敬地起身迎接，一脸讨好地说："列娜，您来得正好，您可是全谷中最有名的智多星，请您务必替我想个办法——我怎么才能给大熊猫照出彩色照片来呢？不然……"他如此这般地把事情给她讲了一遍。

"这个嘛，"列娜滴溜溜地转着大眼睛说，"嗯，是有点难，让我好好想想——哎，他驴大叔，我们娘仨口渴了，想找你讨杯水喝……"

"有。"不等师傅说话，小猴聪聪早已捧着水过来了。

列娜慢悠悠地喝着水，笑眯眯地看着那三双急切的眼睛。她清了清嗓子，说："办法倒是有一个，就是不知道明雅有没有这个胆量喽！"

"快说，列娜阿姨，就是上刀山、下火海，我也敢!"明雅信心十足地说。

列娜嫣然一笑道:"明雅,你俯耳过来,我只能告诉你一个人,你这样这样做……"

小猴和老驴也想凑上来听听,可列娜一脸严肃地说:"此可谓天机不可泄露也,别人知道了就不灵了!你们都快躲到一边去吧!"

老驴亚辉实诚,乖乖地躲开了,小猴聪聪则急得直转圈子。两只小狐狸也没闲着,他们把摄影师果盘中的糖果吃了个一干二净。

明雅听完列娜的话,半信半疑地问:"阿姨,真的假的,您不是在给我讲故事吧?"

列娜说:"信不信由你,不过,我以我一身火红的毛皮发誓,此事绝不是空穴来风!"

"好吧,为了照出彩色照片,我还是努力试试吧!"说着,明雅捡起她的影集,心事重重地离开了摄影棚。

摄影师师徒这时又凑上前来问:"列娜,您有什么好办法?赶快告诉我们吧,不然会闷死人的!"

列娜撇撇嘴,轻佻地晃着三角脸说:"也没什么,我骗她呢,免得她在这里无理取闹——他们熊猫虽是国宝,但天生就没有照彩照的命,还恬不知耻地强人所难,呸!"

"就是,就是,列娜的话在理儿!"老驴亚辉随声附和。

小猴聪聪却皱起了眉头,心想骗人怎么说也是不

对的。

列娜趁机又卖乖道:"驴大哥,您这次可欠我一个人情哟。这样吧,您今儿就免费给我们娘仨合个影吧!"

"好啊,要照相了,要照相了!"两只小狐狸高兴地拍着沾着糖的黏糊糊的小手喊道。

老驴亚辉冲着那一堆零件努了努大嘴:"列娜,真不凑巧啊,相机又出毛病了,改日吧!"

列娜嘴上说好,心中暗骂道:"我早就知道老驴是个老抠门儿。"

再说大熊猫明雅,一路上她不断琢磨着狐狸列娜的话,自言自语道:"也可能有这么回事,我小时候,奶奶不就曾讲过一个乌鸦变凤凰的故事吗?看来这位能大变活人的千年女巫是存在的……"她一走神,哗啦,怀中的相册滑落了一地……

第二天,公鸡刚刚打鸣,明雅就一骨碌从床上爬起来,因为列娜对她说,一定要在天不亮前出发,不然就是没有诚意,没有诚意就不会成功。她背上昨晚预备的干粮包,踏着一地星光上路了。

春寒料峭,山路湿滑,但明雅的心里燃烧着一团熊熊的希望之火——有志者事竟成,她要通过自己的努力,完成一个在别人看来不可能实现的心愿。她沿着北斗星的方向,一路北上——列娜说:"那位神奇的千年女巫,就住在高耸入云的北山顶上。"

露水打湿了明雅的衣裳,藤萝调皮地缠住她的脚,但这点困苦比起那个了不起的心愿来又算得了什么!她呼哧呼哧地喘着粗气,从谷底奋力向上攀爬……

突然,明雅的身后响起了狼嗥,凄厉而阴沉,明雅不由得浑身哆嗦了一下。借着星光,她这才发现,丛林中闪烁着几点阴森森的荧光,分散在自己的前后左右。啊,一定是狼!他们最喜欢集体捕猎,看来我是在劫难逃了。

点点荧光围了上来,明雅清晰地听到他们踩断枯枝的脚步声,她急得原地打转,下意识地大喊:"了不起的千年女巫,快来救救我啊——"

这时头狼已蹿到明雅面前,得意地说:"我的小绵羊,不对,您比绵羊还菜,不要喊了,没有谁会来救您的,来吧,我的肚子里很温暖……"

其他几只狼慢慢地围拢过来。

绝望中的明雅忽然鼓起了拼死一战的勇气,她从地上抄起一根树枝,张牙舞爪地挥舞起来,哑着嗓子大喊:"来吧,今天我杀一个够本,杀两个赚一个……"

狼群再一次鄙夷不屑地笑了起来,笑声像从古墓底下传来的一样阴森恐怖,眨眼间,头狼已用他有力的前爪将明雅一下子扑倒在地上……

突然,一把飞天扫帚驮着一位女巫从天而降,长长的扫帚把猛地一晃,高大的头狼就被打了个趔趄,

其他几只狼一时都惊呆了。

女巫的嗓子很尖:"小姑娘,快骑到我背后来,闭上眼睛,直到我让你睁开时为止!"

话音未落,扫帚已钻到明雅的胯下,带着她腾空而起。明雅的耳边响起了呼呼的风声,她慌忙闭上了眼睛,双手紧紧地抓住扫帚把,地下只留下一群傻呆呆的狼。

当明雅睁开眼睛时,她们已落在一座洞府前,明雅壮着胆子随女巫走进洞里。

洞内有点暗,洞壁上的夜明珠发着幽幽的蓝光,一只苍鹰般大的猫头鹰迎面飞来,落在了女巫的左肩膀上。

女巫坐在一把欧式的高背椅子上,一只圆滚滚的黑猫喵喵叫着爬进了她的怀里。这时,明雅才有工夫打量一眼女巫。哇,她好老啊!脸上纵横交织的褶子多得像被压皱的绸布,枯黄的头发像一蓬乱草,眼睛又深又亮,目光像冷冰冰的剑锋,仿佛一下子就能刺透人心。

"小姑娘,我知道你的来意,你不过是想让我把你的黑白皮袄变成一件彩色的衣裳,从此你就可以照彩色照片——臭美了。"不等明雅说话,女巫又尖着嗓子说,"但是,你要想好了,变色容易变回去难。请相信我:什么时候都是本色最好。"

明雅激动地说:"啊,救了我一命的老婆婆,您一定是那位最神奇的千年女巫,既然您知道我此行的目的,那就请您略施法术,了了我这个小小的心愿吧!"

千年女巫深深地看了明雅一眼,说:"小姑娘,你可想好了,有得就有失,有时还得不偿失——变了色,一切后果都将由你一个人承担,你还要变色吗?"

"我要变色!"明雅坚定地说。

"唉——"千年女巫长长地叹了口气说,"真是执迷不悟啊!"说着,她用手一指洞内的一口大锅,锅底下立刻燃起了蓝幽幽、飘忽忽的火焰。一只碗口大的青蛙突然从里面跳出来,嘟嘟囔囔地说:"啊——好烫!"转眼间青蛙就不见了。

千年女巫放下黑猫,直起身,耸耸肩,肩上的猫头鹰飞到了一旁的架子上。她下意识地龇牙冷笑了一声,拉着明雅快步走到锅前,说:"小姑娘,我再问你一句,你真的要变色吗?"

明雅的心中直打鼓,但她还是本能地点了点头。

"唉,好吧,真是良言难劝该死的鬼啊!记住,以后不要后悔,这可是你自己的选择!"她那双幽深的蓝眼睛看得明雅的脊背直发凉。

明雅目光直直地点了点头,说:"我不后悔!"她努力想挤出微笑,但没有成功。

千年女巫举起做成剪刀状的中指和食指,往天上一举,便剪下一截彩虹,顺手把它掷在一锅冒着气泡的魔汤里。她的剪刀又在明雅的胸前一比画,一枚滴血的心

想照彩照的大熊猫

18

形枫叶已捏在女巫瘦长的左手指头上了……

她的手指剪刀东剪西剪，不一会儿，汤锅里就掷进了北斗星的光，太白金星的亮，朝阳的红，晚霞的彩，孔雀尾的翠，琥珀的黄，青蛙背的绿，鹦鹉嘴的黛，黑咕隆咚的黑，白玉无瑕的白，天山的雪，昆岗的玉，经霜的银杏叶，明前的玉茶芽，梅花鹿的梅花，红鲤鱼的锦鳞，等等。

魔汤咕嘟咕嘟地熬了一个多时辰后，千年女巫才从锅中舀出一瓶，递给明雅说："小姑娘，快趁热喝下去吧，然后，你会睡上一觉，醒来后，你就会变成一只举世无双的彩色大熊猫啦。"

明雅低头看了一眼，差一点吐了出来，瓶里的魔汤黑漆漆黏糊糊油花花腥呱呱的，恶心极了！但事情已到了这一步，她只能闭上眼，仰头喝了下去。立刻她的嘴巴、嗓子、食管、胃里，像被火烧火燎一样痛。她哎呀一声，昏死过去了。

不知过了多长时间，明雅终于苏醒过来，她第一眼便看见身上的白色变成了她最喜爱的桃花红，黑色变成了宝石蓝。她禁不住一阵狂喜，一下子从地上爬起来，振臂高喊："哈哈，我终于成功了！"

喊声在洞内回响，惊得洞顶上的蝙蝠四处乱飞。

千年女巫从软榻上起身走过来，不无得意地说："嗯，小姑娘，你真的是我的一件杰作啊！比之当年那只想变凤凰的笨乌鸦，这次要成功得多了。哼哼，从

此,你将开启你非凡的一生……"

说着,她拉着明雅走到一面魔镜前,讨好似的对魔镜喊:"魔镜啊魔镜,世上最神奇的魔镜!请您告诉我,这位小姑娘从此将有怎样辉煌的人生?"

镜子中渐渐浮现出一个年轻貌美的女巫面孔,她细声细气地说:"明雅下山后,将会被一位摄影爱好者炒成网络明星,从此失去正常的生活,并成为生物学家和研究所的座上宾。后来她被偷渡到美国,照片上了《国家地理》杂志的封面,成了美国生物学家所发现的一个新品种。一群遗传学家争着想克隆她,但都没有成功,于是他们就让她和明鑫姑妈的儿子明友通婚,想得到第二代彩色大熊猫——当然也没有成功。再后来嘛,她被偷卖到马戏团……"

这时,明雅早已泪眼朦胧,她看见魔镜里的自己正在摇摇晃晃地走钢丝绳,绳子上的她吓得面无血色,可台下的观众却发出了雷鸣般的欢呼声……

她再也听不下去、看不下去了,转身哀求千年女巫道:"神奇的老婆婆,我知道我错了,我再也不想照彩色照片了,请您把我变回去吧!求您了!"

"哈哈哈……"女巫张开没牙的大嘴一阵狂笑,"小姑娘,我早就警告过你,这是你自己的选择,开弓没有回头箭,你再也回不到过去了……"

明雅泪如雨下,她跪下抱住千年女巫的腿,泣不成声地说:"求求您,让我变回去吧——即使您让我喝世上最难喝的魔汤,我也会喝的!"

"小姑娘,未来的路是你自己选择的,求我也没用!快把她拖出洞外,扔到谷底去吧!"千年女巫一脸冰霜地说。

猫头鹰和一群蝙蝠飞过来,一齐用力把明雅叼走了。

他们飞到雾气腾腾、深不见底的悬崖边,松开爪子,明雅就像块石头一样坠下崖去,吓得她狂呼乱叫:"啊——"

明雅被吓醒了,出了一身冷汗,打湿了身子下的一片床单。但她仍感到庆幸:幸亏这只是个梦,不然真是万劫不复了!

丁零零,丁零零……床头上的闹钟开始叫了,这是明雅昨晚定好的起床时间。她伸手关上闹钟,伸了个懒腰,重新舒舒服服地躺下,心想:其实照不出彩照来,黑白的也挺好!她想着想着,又睡着了。

咚咚咚……一阵急切的敲门声再一次把明雅惊醒,她听见门口有人焦急地喊:"明雅,你在家吗?在不在家呀?"

噢,原来是小猴聪聪,他怕明雅上了老狐狸列娜的当,所以一大早就过来看看朋友。明雅起身把聪聪让进屋来,给他冲了杯热奶,说他真够朋友。聪聪说:"应该的。"

当朝阳从窗格子爬进屋里时,聪聪问了句让人摸不着头脑的话:"明雅,你是不是感冒了?"

"没有啊!"明雅有点摸不着头脑地回答。

"那你把舌头伸出来我看看。"

明雅顺从地做了。说时迟,那时快,聪聪从背后取出相机,稳稳地按下了快门,大熊猫明雅的第一张彩照就这样诞生了。照片中的明雅,娇憨可爱,那个粉红色的小舌头,像雪花覆盖的岩石上的一朵红梅。

几天后,这张照片刊登在《新探索》杂志第四期上,作者署名为:亚辉、聪聪。

当狐狸列娜戴着老花镜看这张照片时,她心里直泛酸——难道我智多星还没有那头老傻驴聪明吗?她郑重其事地对身边的两个孩子说:"不对,明雅的红舌头一定是假的!"

得天独厚的星球

郑允钦 著

有这么一群小生灵，他们对于自己居住的环境津津乐道。

"宇宙是由 28 个有棱有角的星球组成的，"天文学家 M 先生说道，"这些星球分上下两行排列……我们这个星球得天独厚，是唯一的适合我们生存的地方！"

"的确是这样！"探险家 B 附和道，"我考察了所有的星球，发现没有一个星球能够同我们的星球相比，它们过于坚硬，缺乏有机质……"

"而且，"地质学家 D 接上说道，"由于我们的生长繁殖，我们的星球变得越来越柔软湿润，适合我们居住……"

化学家 C 说："最奇妙的是，我们星球上所有的无机物都能够转化成有机物，供我们享用……"

预言家 X 做出了乐观的预言："我们至少还能够在这个星球上繁衍数千代……"

于是，这群小生灵们肆无忌惮地生长繁殖起来。

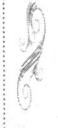

可是，没过多久，他们感到大地突然剧烈颤抖起来，接着发出轰隆一声巨响，他们的星球崩溃了！

原来，这群小生灵所赖以生存的"星球"不过是一颗牙齿。这颗牙齿由于他们的大量繁殖而腐蚀发炎，被医生拔掉了。

小鬼和小商人

［丹麦］安徒生 著　叶君健 译

从前有一个名副其实的学生，他住在一间阁楼里，什么也没有；同时有一个名副其实的小商人，住在第一层楼上，拥有整幢房子。一个小鬼就跟这个小商人住在一起，因为在这儿，在每个圣诞节的前夕，他总能得到一盘麦片粥吃，里面还有一大块黄油！

有一天晚上，学生从后门走进来，给自己买点蜡烛和干奶酪。没有人为他跑腿，因此他才亲自来买。他买到了他所需要的东西，也付了钱。小商人和他的太太对他点点头，表示祝他晚安。这位太太能做的事情并不止点头这一项——她还有会讲话的天赋！

学生也点了点头，接着他忽然站着不动，读起包干奶酪的那张纸上的字来了。这是从一本旧书上撕下来的一页纸。这页纸本来是不应该撕掉的，因为这是一部很旧的诗集。

"这样的书多得是！"小商人说，"我用几粒咖啡豆从一个老太婆那儿换来的。你只要给我三个铜板，就可以把剩下的全部拿去。"

"谢谢。"学生说,"请你给我这本书,把干奶酪收回去吧。我只吃黄油面包就够了。把一整本书撕得乱七八糟,真是一桩罪过。你是一个能干的人,一个讲究实际的人,不过就诗来说,你不会比那个盆子懂得更多。"

这句话说得很没有礼貌,特别是用那个盆子作比喻,但是小商人大笑起来,学生也大笑起来,因为这句话不过是开开玩笑罢了。但是那个小鬼却生了气:居然有人敢对一个卖最好的黄油的商人兼房东说出这样的话来!

黑夜到来了,店铺关上了门,除了学生以外,所有的人都上床去睡了。这时小鬼就走进来,拿起小商人的太太的舌头,因为她在睡觉的时候并不需要它。只要把这舌头放在屋子里的任何物件上,这物件就能发出声音,讲起话来,而且还可以像太太一样,表达出它的思想和感情。不过一次只能有一件东西利用这舌头,而这倒也是一桩幸事,否则它们就要彼此打断话头了。

小鬼把舌头放在那个装报纸的盆里。"有人说你不懂得诗是什么东西,"他问,"这话是真的吗?"

"我当然懂得。"盆子说,"诗是一种印在报纸上补白的东西,可以随便剪掉不要。我相信,我身体里的诗要比那个学生多得多,但是对小商人来说,我不过是一个没有价值的盆子罢了。"

于是小鬼再把舌头放在一个咖啡磨上。哎哟！咖啡磨简直成了一个话匣子了！于是他又把舌头放在一个黄油桶上，然后又放到钱匣子上——它们的意见都跟盆子的意见一样，而多数人的意见是必须尊重的。

小狐狸买手套

[日本] 新美南吉 著 周龙梅 彭懿 译

寒冷的冬天,从北方来到了狐狸母子住的森林里。

一天早上,小狐狸刚要爬出洞去,突然"啊"地叫了一声,捂着眼睛,滚回到了狐狸妈妈的身边。

"妈妈,有什么东西扎到我眼睛里了,快给我拔出来啊,快点快点!"小狐狸说。

狐狸妈妈吃了一惊,连忙小心地扒开小狐狸捂着眼睛的手一看,什么也没有。狐狸妈妈跑出洞去,这才明白是怎么一回事。原来昨天晚上下了一场厚厚的白雪,雪被明晃晃的阳光一照,反射出耀眼的光。小狐狸没有见过雪,被雪地强烈的反光一晃,还以为是什么东西扎进眼睛里了。

小狐狸跑出去玩了。当它在丝绸一般柔软的雪地上奔跑时,雪末水花似的飘落下来,映出一道小小的彩虹。

这时,身后突然响起了一阵可怕的声音:"扑啦啦,哗——"

面粉一样的细雪,忽地一下朝小狐狸罩了下来。小狐狸吓了一大跳,在雪地里滚出十多米远,逃了起来。它想，是什么呢？它回头望去，可是什么也没有。原来是冷杉树枝上的雪掉了下来。雪，还在像白丝线一样从枝头上往下落。

不一会儿，小狐狸就回到了洞里，对狐狸妈妈说："妈妈，手手好冷啊！手手冻麻了！"

说着，小狐狸就把两只冻得发红的小湿手，伸到了狐狸妈妈面前。狐狸妈妈一边呼呼地朝小狐狸的小手上哈气，一边用自己温暖的手把小狐狸的手包了起来，说："马上就暖和了！摸过雪的手，马上就会暖和过来的。"

她想，如果儿子可爱的小手给冻伤了，那就太可怜了，等到天黑以后，到镇上去给儿子买一双适合它戴的毛线手套吧！

黑黑的夜，像块包袱皮一样包住了原野和森林，但是因为雪太白了，所以不管怎么包，白茫茫的雪地还是会露出来。

红色的狐狸母子从洞里走了出来。小狐狸钻到狐狸妈妈的肚皮底下，眨巴着两只圆圆的眼睛，一边走，一边东看看、西看看。

走了没多久，前方出现了一片光亮。看到光亮，小狐狸问："妈妈，星星怎么掉到了那么低的地方啊？"

"那可不是星星啊。"说到这儿，狐狸妈妈的腿都发软了，"那是镇子里的灯光啊。"

一看到镇子里的灯光，狐狸妈妈就想起上次跟朋友一起去镇子倒大霉的事。她劝朋友不要去偷人家的

鸭子，可那只狐狸不听，非要去偷，结果被农民发现，追得它们没命地逃，好不容易才捡了一条命。

"妈妈，你在干什么呀？快走啊！"小狐狸在妈妈的肚皮底下问道，可是狐狸妈妈却怎么也迈不动步子了。没办法，狐狸妈妈只好让小狐狸自个儿去镇上。

"儿子，伸出一只手来。"狐狸妈妈说。

狐狸妈妈握住小狐狸的那只小手，不一会儿，就把它变成了一只小孩的人手。好可爱的小手啊，小狐狸一会儿张开，一会儿握住，一会儿捏捏，一会儿咬咬。

"妈妈，好奇怪啊！这是什么？"小狐狸说着，借着雪光，盯着自己变成了人手的小手，看了又看。

"这是人的手啊。你听好，儿子，到了镇上，会有许许多多的人家，你要先去找外面挂着一个礼帽招牌的人家。找到了，你就去咚咚地敲敲门，然后说一声'晚上好'。那样，人就会从里面打开一条门缝，你从门缝里把这只手，对，就是这只人的手伸进去，说：'请卖给我一双这只手戴上去正好的手套吧。'你听明白了吗？千万别把另外一只手伸出去啊！"狐狸妈妈叮嘱小狐狸道。

"为什么？"小狐狸反问道。

"因为人要是知道你是狐狸的话，不但不卖给你手套，还会把你抓住，关进笼子里。人是很可怕的东西啊。"

"嗯。"

"可千万别把那只手伸出去啊！这只手，对，要伸这只人的手！"说完，狐狸妈妈把带来的两枚白铜币，塞到了小狐狸的那只人手里。

小狐狸在雪光闪闪的原野上，摇摇晃晃地朝着镇上的灯光走去。开始的时候，只有一盏灯，可紧接着就变成了两盏、三盏，最后增加到了十盏。望着灯光，小狐狸想，原来，灯也和星星一样，有红的、黄的和蓝的啊。很快，它就到了镇上。大街上，家家户户都已经关上了门，从高高的窗户里透出温暖的灯光，洒在道路的积雪上。

不过，门外的招牌上大多都点着一盏小灯泡，小狐狸一块块看过去，找起帽子店来。自行车的招牌，眼镜的招牌，还有其他各种各样的招牌。有的招牌是新涂的油漆，有的招牌像旧墙壁一样已经开始脱漆了。可是第一次到镇上来的小狐狸，不知道这些东西到底是做什么用的。

小狐狸终于找到帽子店了。妈妈在路上仔细给它讲过的那个黑色大礼帽的招牌，就挂在那里，被蓝色的灯光照耀着。

小狐狸照妈妈教的那样，咚咚地敲了敲门。

"晚上好！"

于是，从里面传来了啪嗒啪嗒的声音，门轻轻地开了一条一寸左右的缝，一道光长长地投在了路边的白雪上。

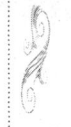

因为那道光太刺眼了,小狐狸不禁慌了神,错把另外一只手——妈妈反复叮嘱过它千万不能伸出的那只手,从门缝里伸了进去。

"请卖给我一双这只手戴上去正好的手套吧!"

帽子店老板愣了一下:哎呀,这是一只狐狸的手!狐狸说要买手套,该不会是用树叶当钱来买吧?于是他就说:"请先付钱。"

小狐狸把一直握着的两枚白铜币,乖乖地递给了帽子店老板。帽子店老板把它们拿在手指尖上,对撞了一下,听到它们发出叮咚好听的声音。他知道那不是树叶,是真正的钱,于是就从货架上取下了一双小孩子戴的毛线手套,塞到了小狐狸手里。小狐狸说了声"谢谢",就又顺着原路走了回去。它一边走,一边心里说:"妈妈说人是很可怕的东西,可是一点都不可怕啊!人看到了我的手,不是也没怎么样吗?"

不过,小狐狸很想看看人到底是什么样子的。

当它从一户人家的窗户下边走过时,从里头传来了人的说话声。好温柔,好好听,好安静的声音啊!

睡吧,睡吧,
躺在妈妈的怀抱里,
睡吧,睡吧,
枕在妈妈的胳膊上……

小狐狸想,这歌声一定是人妈妈的声音了。因为小狐狸睡觉时,狐狸妈妈也是哼着这样温柔的歌来摇晃它的。

这时,它听到了一个小孩的声音:"妈妈,这么冷的晚上,森林里的小狐狸也会叫好冷、好冷吧?"

于是,妈妈的声音又说:"森林里的小狐狸,这时候也躺在洞里,听着狐狸妈妈唱的歌,就要睡着了。宝宝也快睡觉吧,看看森林里的小狐狸和宝宝谁先睡着,一定是宝宝先睡着吧!"

听到这里,小狐狸突然想妈妈了,于是它飞快地朝狐狸妈妈等着的地方跑去。

狐狸妈妈担心死了,正焦急地盼着小狐狸早点回来呢!一看到小狐狸回来了,狐狸妈妈高兴得真想把它抱在温暖的怀抱里大哭一场。

两只狐狸返回了森林。月亮出来了,狐狸的毛闪着银光,它们的身后留下了一串蔚蓝色的脚印。

"妈妈,人一点都不可怕呀。"

"你怎么知道?"

"因为我伸错了,我把真的手手伸出去了,可是帽子店老板也没有抓我呀,还给了我一双这么暖和的手套。"说着,小狐狸用戴着手套的两只小手啪啪地拍了两下。

"看你高兴得!"狐狸妈妈吃惊地嘟哝道,"人真的那么好吗?人真的有那么好吗?"

穷苦的富人

[俄国] 克雷洛夫 著 韦苇 译

"发财就要吃得好喝得香，否则还算什么发财？光是金币叮当响，又有什么意思呢？你人一死，金币又带不进棺材里去，你糟蹋了自己不算，死了还背个吝啬鬼的臭名声。我呀，要是我有一天发了大财，我就决不吝啬，我要挥金如土，享尽人间富贵。我要天天大宴宾客，久而久之，我终将名扬天下。我要为邻居们办些好事。那种吝啬鬼的生活，准同地狱一样不好受。"破棚子里，有个穷光蛋躺在那当床的长凳上，这样自语道。

恰在这时候，挨着他的枕头站着一个——有的说是魔法师，有的说是魔鬼（魔鬼的说法也许可靠些，我们往下讲就会比较明白了）——这样对他说：

"刚才我听你说，你想要钱。那么，我十分愿意给朋友提供帮助。瞧我给你弄来了这个钱袋！这袋子里有一块金币，只有一块。但是你取出这块钱，钱袋里就会生出新的一块，总有一块在里头。我的朋友，如今你自己也眼见为实了。你想发多少财，就全由着你自己了。喏,拿着这钱袋吧!你要多少钱就能从里头取出多少钱来,直到你不想再要为止。不过,你千万得记住:你要先将钱袋扔进河里,而后才开始花你从钱袋里得到的钱。"

钱袋一落到穷光蛋手里,屋里就只剩穷光蛋一个人了。

穷光蛋乐得差不多要发疯了,但他一冷静下来,就把钱袋紧紧抓在手里。一块耀眼的金币的确从钱袋里掏出来了,他真以为自己是在做白日梦哩。他用手摸时,另一块金币又在等着被取出来了。

"要是我通宵不眠地在油灯下取钱,"我们的穷朋友心里嘀咕道,"我就能不断取到金币,那么到明天,啊,明天我将多么富有,我将生活得多么阔气!"

次日早晨,他又另有想法。

"已经够富有了,"他自语道,"我如今是个财主了,但干吗不尽量多要些钱呢?谁也没有碍着我,我照样能更多地得钱啊!今天再试一回奇迹吧,我又不是个爱偷懒的人。昨天晚上得的钱已经够我购置房屋、车子和乡村别墅了,不过,我还可以要些钱添些家产呀,白白错过这良机,难道我脑袋有毛病不成!不!我不能放弃这个神奇的钱袋!只有这样了,我只有再饿一天肚子,不过并不坏,很快我就要过上百般美好的日子了。"

日子就在不断掏钱中过去——一星期,一月,一

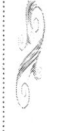

年。他那堆积如山的金币，想必已没法儿数清了。而他过的日子呢，几乎到不吃不喝的程度。天没大亮，那掏钱的活儿就已在招引他了！他天天从早忙到晚，可心里想的总还是那钱袋里有钱可掏！有时候，他也横一横心，拿起钱袋要扔到河里去，然而每每向河边走去，就突然觉得从心里冷到全身，于是又转身回来，总是不能下决心把钱袋扔掉。

"我难道不能咬咬牙把它扔掉吗？"他说，"啊，不！金币还在源源不断地涌现哩。"

最后，他的头发为掏金币而劳碌得全变白了。这个可怜人啊，身体瘦弱得不能自持了！他的脸黄得就像他的金币，皮肤也没有一点血色。如今，他已经不再神往奢华生活了。他差不多成了个衰败的老头！他的健康，他心灵的宁静，全都一去不复返了。而他那瘦弱无力的手，还不由自主地颤抖着，从钱袋里一块接一块地掏出金币来。他就这么掏呀掏，直到他气断命绝。

可怜的吝啬鬼，就死在堆满金币的破棚屋里，死在那条长凳上了。他掏出来的金币，几近九百万块了。

想变得像牛一样大的青蛙

[法国] 拉封丹 著　张曼玲 译

一只青蛙见到一头牛,在它看来,这头牛简直是个庞然大物,而它自己,总归不过只有鸡蛋大。它对牛的个头羡慕不已。嫉妒之下,它伸展开四肢,用尽最大力气鼓胀起身体,以便和牛比比个头。

"您看看,我的大姐,"它说,"我的个头也够大了吧?告诉我,我这样是不是赶上您了?"

"不,不行。"

"这样呢?"它又使了使劲儿。

"不,还不行。"

"看我这回的,怎么样?"它又使出了最大的力气。

"可您还是那么大,一点也没见长啊。"

可怜的小东西,因为用力过大,胀破了肚子,死了。

 牵手阅读

世界上最响的声音是什么?这个纠缠着砰砰城国王和臣民的问题,也让我们获得了一个新的契机去打

量身边的世界。原来世界上最响的声音，竟然是"安静"这个礼物赐予的！

不看不知道，世界真奇妙！故事里的世界之所以让我们无比着迷，恰恰是因为，故事重新把我们司空见惯、习焉不察的真理和常识，用一种艺术而睿智的方式讲述出来，让我们猛然一惊，让我们恍然大悟，就像《得天独厚的星球》一样，"原来，这群小生灵所赖以生存的'星球'不过是一颗牙齿。这颗牙齿由于他们的大量繁殖而腐蚀发炎，被医生拔掉了。"

大和小之间、欲望和现实之间、商人和学生之间、一碗粥和一首诗之间、一颗牙齿和一个星球之间，都有奇妙的辩证法。在故事里，我们只需要像砰砰城的居民一样，仔细聆听。因为每一个故事，都会用自己的方式，告诉我们关于人生的奥秘和真谛。

奇幻的心灵之旅

我曾在一本童话作品的推荐语里，这样写下自己对童话的理解：她清新如晨，灵动如梦，她是童蒙初开时的自然无羁，她是生命与世界相遇时的惊喜与赞叹；但同时，她也能最深刻地抵达我们的内心和意识，描绘出我们心灵深处最动人也最坚实的愿景。

是的，当一个奇幻的旅程开启，也就意味着我们再一次向心灵的深处进发。

奥菲丽娅的影子剧院

[德国] 米切尔·恩德 著　何姗 译

在一个古老的小城里，生活着一位名叫奥菲丽娅的老小姐。很久以前，当她刚刚出生的时候，她的父母便说："我们的孩子将来会成为著名的大演员。"因此，他们给她取了这个名字——这是莎士比亚的戏剧《哈姆雷特》中那个著名女主角的名字。

除了对诗人伟大语言艺术的赞赏，奥菲丽娅小姐的父母什么也没有给她留下。她没能成为一位著名的演员。而且，她的声音太小了。但是，不管怎样，她还是希望自己能献身艺术——哪怕是以一种最卑微的方式。

在这个古老的小城里，有一座非常漂亮的剧院。在最前面靠近舞台背对观众的地方，有个隐蔽的箱型小房子。奥菲丽娅每天晚上都坐在里面，当台上的演员忘了台词时，她便小声提示他们。奥菲丽娅的声音很小，干这个工作再合适不过了，因为她的提示是不能让观众听见的。

她漫长的一生都献给了这一职业，并为此感到很幸福。渐渐地，她能背诵世界上所有伟大的悲剧和喜剧，提示台词时再也用不着看书了。

就这样，奥菲丽娅小姐渐渐老了，时代也在发生着变化。来剧院看戏的人越来越少，因为除了戏剧，现在还有电影、电视和别的娱乐活动。大部分人有了汽车，如果什么时候想看戏，他们更愿意开车去邻近的大城市，因为在那里，能看到许多著名的演员，也能借机炫耀一下自己。

于是，小城的剧院不得不关闭了。演员们纷纷离开，老小姐奥菲丽娅也失业了。

当最后一场演出的幕布落下来时，奥菲丽娅一个人独自在剧场待了一会儿。她坐在自己工作的箱型房子里，回想着自己的一生。突然，她看见一个影子在幕布上飘来飘去，有时大，有时小。可是，剧场里一个人也没有，所以，这不可能是谁投下的身影。

"喂！"奥菲丽娅小姐用她那细小的声音喊道，"那是谁呀？"

影子显然大吃一惊，立即缩成一团——反正影子也没有什么固定的形状。但是，他马上又停了下来，而且越变越大。

"对不起！"他说，"我不知道这里还有人。我没想吓唬您。我只是想在这里藏身，因为我不知道自己该待在哪儿。请您别赶我走！"

"你是个影子吗？"奥菲丽娅急切地问。

影子点了点头。

"可是,每个影子都该有自己的主人啊!"她接着说。

"不,"影子说,"并不是所有的影子都有自己的主人。世上有一些影子是多余的,他们不属于任何人,谁也不要他们。我就是这样的一个影子,我叫影子流浪汉。"

"是这样。"奥菲丽娅小姐说,"谁也不要你,难道你不难过吗?"

"是的。"影子肯定道,他轻轻叹了一口气,"可那又能怎么办呢?"

"你愿意去我那儿吗?"老小姐问,"我也不属于任何人,谁也不要我。"

"非常愿意。"影子回答说,"太好了!但是,我必须长在您身上,而您却已经有自己的影子了。"

"你们会处得不错的。"奥菲丽娅小姐说。

她自己的影子也点头同意了。

从此,奥菲丽娅便有了两个影子。只有少数人发现了这点。他们感到奇怪,觉得有些特别。奥菲丽娅小姐不想招人议论,所以,白天的时候,她就请其中的一个影子变小,钻进自己的手提包里,反正影子在哪儿都能找到地方。

一天,奥菲丽娅坐在教堂里,与亲爱的上帝交谈。尽管自己的声音很小,但是她仍希望上帝能听见自己

说的话（因为她真的不能肯定，上帝是否听得见她那细小的声音）。就在这时，她突然在教堂的白墙上发现了一个影子，影子非常消瘦，看上去不像什么确定的东西，他伸出一只手，好像在恳求什么。

"你也是一个谁也不要的影子吗？"奥菲丽娅小姐问。

"是的。"影子说，"但是，我们那里都传开了，听说，有人愿意收留我们这些没人要的影子。这人是你吗？"

"我已经有两个影子了。"奥菲丽娅小姐回答说。

"那再多一个也没什么关系呀！"影子恳求说，"你不能把我也收下吗？没人要真是太难过、太孤独了。"

"那你叫什么？"老小姐问。

"我叫怕黑。"影子小声说。

"好吧，你跟我走吧。"奥菲丽娅小姐说。

这样，她就有了三个影子。

从此，几乎每天都有没人要的影子来找她，因为世界上这样的影子有很多很多。

第四个影子叫孤独。

第五个影子叫长夜。

第六个影子叫永不。

第七个影子叫空虚。

而且，这种现象一直持续下去。奥菲丽娅小姐很穷，幸亏这些影子既不要吃的，也不用穿衣服保暖。

只是她的小房间有时候很暗，挤满了许许多多的影子。他们都待在奥菲丽娅小姐这里，因为没有别人收留他们。奥菲丽娅小姐也不忍心把他们送走。就这样，她这里的影子越来越多。

更糟糕的是，这些影子有时会吵架。他们常常争位子。有时候，还会出现真正的影子大战。在这样的夜晚，奥菲丽娅小姐常常无法入睡。她只好睁着眼睛，躺在床上，用她那细小的声音劝说他们，但是，这没有太大的用处。

奥菲丽娅小姐不喜欢听别人吵架，但是如果这种争吵是用诗人那伟大的语言在舞台上说出来，则是另外一回事。

有一天，她终于想出了一个绝妙的主意。

"大家听着，"她对影子们说，"如果你们还想继续待在我这里，就必须学点东西。"

影子停止了争吵，从房间的各个角落用充满期待的眼光看着她。

于是，她开始给影子们念诗人的杰作，所有这些内容她都能倒背如流。她慢慢重复着某些段落，然后，要求影子们跟着她念。影子们虽然费了很大的劲，但是他们也非常好学。

渐渐地，他们从老小姐奥菲丽娅那里学会了世界上所有伟大的悲剧和喜剧。

当然，现在的情形与以前完全不同，因为影子能

够扮演剧中的一切。他们可以根据剧情的需要，扮演侏儒或巨人、人或鸟、一棵树或一张桌子。

他们经常通宵达旦地在奥菲丽娅小姐面前演出最精彩的剧目，而她仍然在一旁给他们提示台词。

白天，除了她自己的那个影子，别的影子都待在奥菲丽娅的手提包里。是的，影子有时可以小得不可思议。

别人从来没有见到过奥菲丽娅的这些影子，但是他们还是隐隐约约觉得发生了某种不寻常的事情，而不寻常的事情人们往往不太喜欢。

"这位老小姐有些古怪，"人们在背后议论说，"最好把她送到有人照料的老人院去。"

还有人说："也许她已经疯了。谁知道她哪天会干出什么事情来。"

所有人都离她远远的。

终于有一天，奥菲丽娅小姐的房东来了，他说："对不起，从现在开始，您必须比以前多付一倍的房租。"

奥菲丽娅小姐付不起。

"那么，"房东说，"只好对不起了，您最好还是搬出去吧！"

于是，奥菲丽娅小姐只好收拾起所有的东西，把它们装进一口箱子，反正她的东西也不多。她离开了原来住的屋子，买了一张车票，坐上火车，上路了，可她自己并不知道该去哪里。

坐了很远以后,她下了车,开始步行。她一手提着行李箱子,一手提着装满影子的手提包。

这是一条很长很长的路。

最后,奥菲丽娅来到了海边,她无法再往前走了。于是,她想坐下来歇一会儿,不久,便睡着了。

影子们纷纷从手提包里出来,围在她身边。他们在一起讨论到底该怎么办。

"本来,"他们说,"正是因为我们,奥菲丽娅小姐才会陷入这种糟糕的处境的。她帮助过我们,现在轮到我们想办法帮帮她了。我们大家都从她那里学到了一些东西,也许,我们可以用学到的这些东西来帮助她。"

等奥菲丽娅小姐醒后,他们把计划告诉了她。

"啊,"奥菲丽娅小姐说,"你们真是太好了!"

后来,她来到了一个小村庄。她从箱子里拿出一块白色的床单,把它挂在一根棍子上。影子们马上开始演出,这些剧目都是奥菲丽娅小姐教给他们的。她坐在幕布的后面,一旦影子们在演出中卡壳,她便在后面给他们提示台词。

开始只有一些孩子过来,他们非常惊讶地在一旁观看。到傍晚的时候,又来了几个大人。看完这些精彩有趣的演出,每个人都付了一点钱。

就这样,奥菲丽娅小姐从一个村庄走到另一个村

庄，从一个地方演到另一个地方。根据剧情的要求，她的影子们一会儿扮演国王，一会儿扮演丑角；一会儿扮演高贵纯洁的少女，一会儿扮演热情活泼的少年；一会儿是魔术师，一会儿又变成鲜花。

人们纷纷过来观看，并忍不住随着剧情一起欢笑和哭泣。不久，奥菲丽娅小姐便出名了。无论走到哪里，人们都在热切地等待着她，因为他们以前从来没有看到过这种演出。他们对她的演出报以热烈的掌声，而且每个观众都会或多或少付点钱给她。

过了一段时间，奥菲丽娅小姐攒够了一些钱，买了一辆旧的小汽车。她让一位艺术家给她写了一块漂亮的彩色牌子，两面都用大写字母写着：

奥菲丽娅的影子剧院

从此，奥菲丽娅小姐便开始周游世界，她的影子们一直跟着她。

说到这里，这个故事本该结束了，但是它还没有完。

有一天，由于风雪太大，奥菲丽娅小姐的汽车陷在了路上。突然，有一个巨大的影子站在她面前，这个影子比其他所有的影子都黑。

"你也是一个没有人要的影子吗？"她问。

"是的，"那个大黑影子慢慢地说，"我想可以这么说吧!"

"你也想上我这儿来吗?"奥菲丽娅小姐问。

"你能收留我吗?"影子问道,走得更近了。

"我的影子虽然已经非常多了,可是你总得有地方待吧!"老小姐说。

"你不想先问问我的名字吗?"影子问。

"那你到底叫什么?"

"别人叫我死神。"

听到这里,奥菲丽娅小姐好一会儿没有说话。

"尽管这样,你还是会收留我,对吗?"最后,影子温和地问道。

"是的。"奥菲丽娅小姐说,"你来吧!"

于是,这个巨大冰冷的黑影便将她团团包住,她周围的世界变得漆黑一片。但是,突然,她又仿佛重新睁开了双眼,这双眼睛变得年轻而又明亮,不再像以前那样老眼昏花。现在她不用再戴眼镜,便能看清自己是在什么地方。

她正站在天堂的大门前,周围站着许多美丽无比的身影,他们身穿漂亮的服装,正微笑地看着她。

"你们到底是谁呀?"奥菲丽娅小姐问。

"你不认识我们了吗?"他们说,"我们就是你收留的那些多余的影子啊。现在我们得救了,不用再四处漂泊了。"

天堂的大门打开了,那些明亮的身影簇拥着老小

姐奥菲丽娅一道走了进去。

他们把她带到一座奇妙的宫殿前，这是一个最漂亮、最豪华的剧院。

剧院的门口写着一行烫金的字：

奥菲丽娅的影子剧院

从此，他们便在这里用诗人的伟大语言，给天使们讲述人类的命运。天使们能够理解这些故事，并从中了解到，生活在地上的人是多么痛苦、多么伟大、多么悲伤，同时又多么可笑。

奥菲丽娅小姐仍然在给演员们提示台词。另外，听说有时亲爱的上帝也会来看他们的演出，但是可以肯定的是，谁也没有发现过他。

老路灯

[丹麦] 安徒生 著　石琴娥 译

你听说过老路灯的故事吗？它并不十分有趣，可也不妨听一听。那是盏最可敬的老路灯，已经服务了许多年，现在它衰老得必须马上要退休了。今天夜里，是它最后一次在比它还要苍老的路灯杆上照亮这条路。它的心情很像戏剧院里的老舞蹈女演员进行最后一次舞蹈演出，并且明白不久就要待在她自己的阁楼上，从此孤孤单单地度过余生并慢慢被人忘掉。老路灯为这第二天感到非常焦虑，因为它清楚，第二天它必须有生以来第一次到市政厅去，由市长和政务委员们审查，决定它是否适合继续服务。要么它继续为市郊某住宅区的居民服务，要么就被送到乡下某家工厂去，要是都不行，它立刻就会被送进铸铁厂去熔化掉。如果被熔化掉，它可能就变成别的东西，它十分担心到那个时候它是否还会记得它曾经是一盏在街道服务很多年受人尊敬的路灯，这使它感到非常苦恼。

无论发生什么事，有一件事情是肯定会发生的，就是它要和守夜人夫妇分开了，它是把这家人当成自

己家人一样的。路灯第一次挂上去的晚上,守夜人——当时还是个年轻力壮、十分精明的小伙子——也和老路灯一样刚刚开始作为一名守夜人,在这里服务。啊,它成为路灯,而他当上守夜人,说起来真是很久很久以前的事情了。他的妻子当时有点骄傲,她难得赏脸朝路灯瞥一眼,除了晚上走过街道的时候,白天是根本不看的。可是近年来,他们大家——守夜人夫妇和这盏老路灯——都年纪大了,她照料它,擦洗它,替它加油。这两位老人都非常忠厚老实,供应路灯的油他们一滴也不会为自己留下。

这一夜是老路灯最后一次为这条街道服务了,第二天它就得上市政厅去——一件想起来就让人非常难过的事情,这就难怪它燃烧得不怎么亮了。许多别的念头涌上了它的心头。过去,有多少过路人被它照亮过啊,它曾看到过多少事情啊!很可能跟市长、政务委员看到的一样多!但是所有这些念头它一个也没有说出来。由于它是一盏善良老实的老路灯,它不想责怪别人,尤其是那些当权的人。由于心中回想起许多事,它的光常常突然间变得特别亮。在这时候,它确信它会被人记住的。"有一回有一个英俊小伙子,"它心里想,"毋庸置疑,那是很久以前的事了,可我记得他有一张写在带有金边的粉红色纸上的小字条,字迹清秀,显而易见出自一名小姐之手。他将字条从头到尾读了两遍,亲亲它,然后抬头看我,那双眼睛分明在说：'我是全世界最幸福的人！'只有他和我清楚，在他那位心爱的小姐的第一封信中写着什么。啊，对了，我记得还有另外一双眼睛——真是奇怪，为什么会从一件事一下子跳到另一件事！一支送葬队伍从街上走过。一名年轻貌美的女子躺在棺材架上，铺着花圈，伴随着火把，这些火把比我的光要亮得多。每家都有人出来了，站满了整条街道，一群一群的，加入了送葬的行列。可当那些火把在我面前经过以后，我可以转脸瞧了，我看见有一个人靠在我的路灯杆上，孤零零地伤心、哭泣。我永远难以忘记那双抬起来看我的悲伤的眼睛。"在老路灯的光最后一次照耀的时候，它满脑子都是如此和类似于此的回忆。下岗的哨兵至少明白谁来接班，可以对接班的人轻声嘱托几句话，也好跟他指点一下雨和雾的事，告诉他月光在人行道上能照多远，通常的风向等。可老路灯连接自己班的是谁都不知道。

在水渠上面的桥上有三样东西想向老路灯毛遂自荐，因为它们想让老路灯自己指定接班人。第一个是鲱鱼头，它在晚上会发光。它说要是把它安置在路灯杆上，就能省掉老路灯所耗掉的灯油。第二个是一根烂木头，它在黑暗中也发光，它自称来自一根曾是森林中的骄傲的古树干。第三个是一只萤火虫，它怎么到这里来的，连见识这般广的老路灯都无法想象，可它在这里，也确实和其他两个一样能发光。但是烂木

头和鲱鱼头非常庄严地发誓说，萤火虫只是在特定的时候发光，绝对不能拿萤火虫和它们俩相提并论。老路灯老实对它们说，它们中间没有一个可以发出足够的光来代替一盏路灯，可它们对老路灯的话毫不理睬。等到它们弄明白它并没有权利指定它的继承人时，它们说它们听到这一点非常高兴，因为老路灯太过老朽以至于无法作出正确选择。

恰在这时候，风呼呼地从街角吹来，吹入老路灯的气孔。"我所听到的究竟是什么话？"它说，"你明天就要退休并永远离开这里？今晚是我们最后一次见面吗？要是这样我一定要送你一件告别礼物。我要你的大脑，这样你以后不但能够永远记住你大脑中残留的所有记忆，而且你内心的光将离开明亮，将来在你面前发生的一切你都可以懂得。"

"噢，那真是一份很了不起的礼物，"老路灯说，"我最真诚地感谢你。只要不把我熔化掉，我就心满意足了。"

"那或许还不会，"风说，"我还要将记忆吹进你的脑子里，如此一来，要是类似的礼物再多几件，你就可以愉快地度完你的余生了。"

"那是我不被熔化，"老路灯说，"可万一我很不幸被熔化掉，我还能依然保持我的记忆吗？"

"要理智些，老路灯。"风说着吹起来。

这时候月亮从云雾中露出它那银盘般明亮的脸。

"你送给老路灯什么呢?"

"我没有任何东西能送,"月亮回答说,"我正在月缺的时候,我常常能用光照灯,然而没有灯曾给过我光。"月亮说着又躲到云背后去了,如此就不会有人再问它要什么礼物了。就在这个时候,屋顶上有一滴水落在老路灯上,可那滴水解释说,它是那些乌云的礼物,说不定是老路灯所有礼物中最好的一件。"我将完全渗透你,"它说,"使你具有生锈的力量,如果你想,你能够在一瞬间化作尘土,回归大自然。"

可老路灯和风都觉得这是极其坏的礼物。"没有谁再送礼物了吗?没有谁在送礼物了吗?"风呼呼地扯着嗓门叫。这时候一颗非常亮的流星落下来,在后面留下一道宽阔的光带。

"那是什么?"鲱鱼头问道,"难道不是有一颗流星落下来了吗?我敢肯定它落进灯里去了,很明显,连像星星这样出身高贵的人物也来和我们竞争这个位置,我们还是说声'晚安'回家去吧。"

于是,它们三个就像鲱鱼头说的那样回家了,而老路灯在它四周射出惊人的强烈亮光。

"这是一件非常好的礼物,"它说,"闪亮的星星向来是我的快乐,就算我用尽所有力气所发的光也没有它的光亮,可现在它们留意到了我——一盏可怜的老路灯,还送给我一件礼物,使我能看明白我记得的每一件事情,仿佛它们刚刚发生一样,并且被每个爱我

的人看见。真正的快乐恰恰在于此，因为不能跟别人分享我的快乐不能算是真正的快乐。"

"这种思想令你受到尊敬，"风说，"可是为了达到这个目的，你必须依赖蜡烛。如果不是在你里面点上蜡烛，你无论如何也不能照亮别人。星星没有留意到这一点，它们觉得你们这些会发光的东西都一定是支蜡烛，但是如今我必须歇一会儿了。"接着，它开始躺下来休息。

"蜡烛，确实如此！"老路灯说，"我到现在为止从来没有过这种东西，看来以后也不会有了。我只要能断定我不被熔化就可以了！"

第二天，对了，我们最好不去想第二天，把它直接跳过去。到了夜里，老路灯正躺在一把老旧的椅子上，你能想象这是什么地方吗？哈哈，这是那位老守夜人的家里。他去请求市长跟政务委员们开开恩，看在他长期而且忠实地工作的分上，把这盏老路灯给他。从他四十二年前成为守夜人的第一天起，他每天都亲手将它挂起来点亮，他就像照顾孩子一样照顾那只老路灯。他没有孩子，灯就送给他了。它现在躺在扶手椅子上。老夫妇坐在旁边吃晚饭。是的，他们的房子只是一间地下室，比地面低两码，要穿过一条石头过道才能到他们的房间，但房间里面温暖而舒服，门四周钉着布条。床跟一扇小窗子挂着帘子，一切都很清洁整齐。窗台上放着两个花盆，它们并不常见，是一个叫克里斯蒂安的水手自东印度或者西印度带回来的。它们是两只陶制的象,象背上是个大空洞,里面的泥土中长出花来。其中一只象背上长出些很漂亮的葱,这是个菜园。另一只象背里种着漂亮的天竺葵,他们称其为花园。墙上挂着一张大幅的彩色画,画的是维也纳会议①的情景,一眼能够看到所有的国王跟皇帝。那架波尔霍尔姆②钟有着沉重的钟摆,很有规律地嘀嗒嘀嗒地响。可它总是快,但老夫妇说这比走得慢好。

　　他们现在吃着晚饭,而老路灯躺在那把靠近火炉的老扶手椅上。它仿佛感觉整个世界都颠倒过来了。过了中午,老守夜人看着老路灯,讲出了他们两个一同经历过的事情——在雨中跟雾中,在简短而明亮的夏夜,在漫长的冬夜,在暴风雪中,可此时他仅仅想待在地下室的家里。这时候老路灯觉得心情好了很多,它非常清楚地看到过去所发生的一切,而这些就像刚刚发生一样。风确实给了它一份不同凡响的好礼物。老守夜人夫妇勤奋得一分一秒都不闲着。周日下午他们拿出一些书,通常是一本游记,而这正是他们所喜欢的。老头儿出声朗读非洲的事,那些关于大森林和野象的故事。妻子静静地听着,不时瞥一眼当花盆用

---

　　① 英国、普鲁士、俄国、奥国等国为终结反对拿破仑的战争并重建封建王朝统治,于1814年至1815年召开了这个世界影响深远的会议。

　　② 波尔霍尔姆:丹麦的一个小岛,以制钟著名。

的两只陶象。

"我简直能够想象我亲身经历了这一切。"她说。这时候老路灯非常希望它里面点着一支小蜡烛,如此一来老太太就能够像它自己那样分明地看到最细微的地方了。比如,树枝纷繁地交叉的高大树木啦,骑在马背上的裸体黑人啦,用宽大沉重的脚踩倒竹丛的成群结队的大象啦。

"没有蜡烛,纵使我有天大的本领,又有何用?"老路灯叹口气说,"守夜人家里只有些不能用的食油跟油脂。"有一天,地下室里弄来了一大堆蜡烛头,蜡烛头足以用来继续点燃,这时候蜡烛是够多了,可是谁也没有想到在灯里放一支。

"如今我就如此带着少有的本领待在这里,"老路灯忧伤地说,"我有本领,可我无法施展;他们不明白我能把这些白墙蒙上美丽的挂毯,抑或把它们变成宏伟的森林,或者变成老夫妇所希望得到的任何东西。"不过路灯一直被擦得干干净净,闪闪发亮,尽管在角落里却仍能吸引着每个人的眼球。外人将它看作破烂,但是老夫妇不在乎,他们喜欢这灯。

有一天——是守夜人的生日——老太太将灯拿出来,微笑着说:"今天我要将灯点亮来庆贺我老头子的生日。"灯在它的铁皮框里咯咯响,因为它想:现在我的里面终于有光了。但老太太终究没有把蜡烛放到灯里,而是像以前一样照常加了油。灯燃烧了一个晚上,开始分明地认识到,星星的礼物只能作为宝贝,一辈子秘密珍藏的那种宝贝。然后它做了一个梦,因为对于一个有本领的物体来说,做梦是件容易的事情。它梦见老夫妇都死了,它被送进了铸铁所去熔化。这使它同被送到市政厅见市长还有政务委员们那天同样焦虑。它尽管被赋予了愿意时能够生锈化灰的法力,可它到现在为止还没使用过这种神奇的法力。所以它被投进熔炉,被做成一个插蜡烛用的铁烛台,它的美谁都无法想象。烛台的样子是一个天使拿着一个花束,花束的中心能够放蜡烛。烛台被放到一个极其舒适的房间里的一张绿色的写字台上,四周放着许多书,墙上挂着精美的画。房间的主人是个诗人,一个有学识的人。他想的或写的每一样光怪陆离的东西,都能够在他周围显现出来。有时候大自然向他呈现出黑暗的森林,有时候呈现出鹳鸟在昂首漫步的草原,有时候呈现出在浪花汹涌的大海上航行的轮船甲板。

"天!我拥有的本领怎么会是这样啊!"灯说着自梦中醒来,"我简直想立刻就被熔化,做成那漂亮的烛台,可是不行,老夫妇活着的日子绝对不行。他们那样爱我,对我如此好。他们总是把我擦亮,为我加油。我的境遇跟那幅维也纳会议的画同样好,他们从中能够得到如此大的乐趣。"自此它感到内心平静了许多,一盏那么忠厚老实的老路灯真正应该享有的就莫过于此了。

雪 窗

[日本] 安房直子 著　彭懿 译

美代的灵魂，究竟是在哪段路上飞走的呢？

要是现在立即就往回走，说不定能在山口上找回正在嘤嘤抽泣的美代的灵魂吧？

1

山脚下的村庄里，摆出了一个卖杂烩①的车摊子。

突然亮起来的四方形的窗子里，映出了一个缠着头巾、脸上挂着笑容的老爹。写着"杂烩·雪窗"的布帘，在风中呼啦啦地飘扬着。

"雪窗，是店的名字吧？"一个客人问道。

"就算是吧。"老爹一边磨芥末，一边答道。

"噢。可还没有下雪就叫雪窗，是什么意思哪？"

"话是那么说，可是杂烩是冬天吃的东西呀。"

---

① 烩：将豆腐、魔芋以及鱼丸等水产品和芋头等加汤汁炖成的大杂烩。

老爹这样说完,心想:我回答得有点牛头不对马嘴吧?

山里的冬天来得早。

初雪的那天晚上,四野一片白茫茫的。从山口上下来一个穿着厚厚棉衣的客人,跌跌撞撞地向车摊子走来。

"好冷好冷好冷!"客人叫道。随后,一边搓着双手,一边点菜道:"请给我上一份那个三角形的在咕嘟咕嘟的东西。"

"三角形的在咕嘟咕嘟的东西?"

老爹一下抬起了脸,老天,竟是一头狸!眼珠圆滚滚的,尾巴像上好的大毛笔一样蓬松。不过,这点事一点都没让老爹吃惊。早就听人说过了，山里像天狗①啊、鬼啊以及额头上长一只眼的妖怪多的是，还有更加不可思议的妖怪哪！于是，老爹一本正经地问道："你说你要什么？"

狸朝锅里瞥了一眼，说："看，那个那个，就是那个三角形的！"

"我还以为是什么呢，魔芋②啊！"

老爹差点忍不住笑出声来了，他为狸盛了一盘子魔芋，又加上了好多芥末。这让狸兴奋了，哇啦哇啦地说了起来："杂烩店真是不错，还有'雪窗'这个名字，真是一个美丽动听的名字，我……我太……我太感动啦。"

"喜欢上了吗？"

"当然喜欢上了！漫天飞雪里，只有隐约显现出车摊子的那一线光晕。窗子里弥漫着热气，里面飞出一阵阵欢笑声……我还想再当一次'雪窗'的客人！"

听了这番话，老爹开心透了。狸大口地吃着魔芋，问道："煮杂烩的方法，很复杂吗？"

---

① 天狗：在日本指想象中的似人怪物。赤面，高鼻，有翼，善飞。穿着类似修道的修行者。神通广大，持羽毛团扇。

② 魔芋：天南星科多年生草本植物。夏天开紫褐色花。块茎可食用。

"哈哈,当然复杂啦。"

"需要多少年,才能学成啊?"

"我正好学了十年。"

"十年!"

狸拼命地摇头:"这不是比狸的寿命还要长吗?"

狸叫了起来。

从那天之后,狸每天晚上都来,而且,每次来总要追根究底地把杂烩的事问个明白。于是有一天晚上,老爹终于开口了:"我说,你当我的助手怎么样?"

"什么叫助手?"

"就是帮我做事。生生火,汲汲水,削削鲣鱼什么的。"

一听这话,狸乐得手舞足蹈。

"这正合了我的心愿!没有什么比这更让我高兴的事了。"

说完,狸就麻利地钻到了车摊子的里头。就在里头,老爹拿过一双长长的筷子,把锅里的东西一个个夹起来,耐心地告诉它:

"这个,是萝卜。"

"这个,是卷心菜卷。"

"这个,是鱼卷。"

狸一边嗯嗯地不住点头,一边又一个个地忘掉了。尽管是这样,狸还是干得相当卖力。它特别会洗

芋头，洗得特别干净。自从狸来了之后，老爹的活儿轻松多了，而且还好像是多了一位家人似的，有了一种幸福的感觉。

在此之前，老爹一直是孤零零的一个人。许多年以前，妻子死了。后来，幼小的女儿又死了。女儿的名字叫美代。细雪飞舞的夜里，"呜——啊"，老爹总是会听到从遥远的天空中传来美代的哭泣声。特别是客人们全走光了，孤零零一个人的老爹熄了车摊子的灯时，更是寂寞。

可自从狸来了以后，熄灯前的那一个短短的片刻，却变得欢乐起来。客人一离去，狸就会拿出两个酒杯，哐当一声摆好，说："来，老爹，喝一杯吧！"

一边喝，狸还会一边讲有趣的故事给老爹听，唱歌给老爹听。老爹的心情好了起来，觉得这世间似乎大了一两圈似的。

2

这是发生在一个白雪皑皑的夜里的事情。

还是像往常一样，熄灯之前，哐当一声，狸把酒杯摆了上来。可是，就在这个时候，从外面响起了一个声音："请再来一盘！"

原来还剩下一位客人。

"呀，真是太对不起了。"

老爹这样一说，仔细一看，是一位女客人。从头到脚严严实实地披着一条毛毯披肩，像雪的影子一样，悄无声息地坐在那里。这个时候了，而且还是一个女人，坐在杂烩车摊子上，让人不能不多少觉得有点诡异。

"喂。"老爹招呼道。客人抬起了头，浅浅一笑，露出了两个酒窝。还是一个年轻的女孩。这时，老爹却怔在那里了。不知为什么，女孩这张脸有点像美代。老爹目不转睛地盯着女孩，心底里，却在暗暗地数着美代已经死去了多少年：要是还活着，应该十六岁了。

这么一想，再定睛望过去，毛毯披肩下面的女孩恰好是十六岁左右。

"你从什么地方来的啊？"老爹战战兢兢地问。

只听女孩用清脆的声音回答道："从山口翻过来的。"

这叫老爹惊诧不已。这样的漫天大雪中，要想翻过一座山可不是儿戏。就算是一个男人，也要爬上一整天吧？

"真的吗？山对面是野泽村啊，是从那里来的吗？"老爹又问了一遍。

"是的，我是从野泽村来的。"女孩答道。

"为什么从那么老远的地方赶来？"

女孩浅浅一笑，说："想吃雪窗的杂烩啊。"

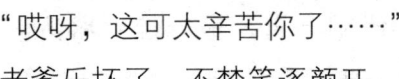

"哎呀，这可太辛苦你了……"

老爹乐坏了，不禁笑逐颜开。

"这么说，你是野泽村的人了？"

女孩什么也没有回答，眯起眼睛笑了。越看，老爹越觉得她长得像美代。

而在这个时候，狸一直一动不动地坐在车摊子里面。蓦地，它的直觉对它说："该不会是一个雪女①吧？"

这样说起来，还真是的，女孩除了脸颊上泛出一丝淡淡的桃红色之外，白极了。狸回忆起以前在山里遇到雪女的情景。

狸还是个小崽的时候，有一次，看到一双雪白的赤脚从洞前嗖地一掠而过。当时它正和妈妈趴在洞里，它想也没想，就要把脑袋伸出洞外，"嘘——"却被妈妈制止了。

"那是雪女的脚啊，绝对不能出去！要是被雪女抓住，最后你会被冻僵的！"

因为被妈妈拦住了，所以狸只看到了雪女的一双脚。不知为什么，它把那个时候的那双赤脚，和面前这个女孩的这张脸联系到了一起。狸咚咚地敲打老爹的后背，压低声音耳语道："老爹，这是个雪女啊。要是被雪女抓住，会被冻僵的啊！"

———————

① 雪女：雪妖。日本传说中在雪夜出现的白衣女妖。

可是，老爹连头也不回，只是高兴地看着女孩津津有味地吃着杂烩。吃光了杂烩，女孩站了起来。

"要回家了吗？"

老爹恋恋不舍地凝视着女孩。

女孩说："我还会再来。"

"噢噢，是吗？还会再来吗？"

老爹连连点头。

"回家路上小心点，可别感冒了。再来哟！"

"再来哟，再来哟"，朝着披着毛毯披肩的女孩的背影，老爹不知道喊了多少遍。狸在他后头轻轻地捅了他的脊梁一下："老爹，那是雪女呀，喂！"

老爹转过身来，欢喜地说道："不，那是美代哟！"

"谁？"

"和我女儿美代长得一模一样哟。那对酒窝，还有那眯缝眼睛的样子，另外，大约年龄也差不多。"

这时，老爹才突然注意到，眼前搁着一个小小的、白色的东西。咦？老爹拿起来一看，是手套，雪白雪白的安哥拉兔毛的手套，可是却只有一只。

"哎呀，忘了东西啦！"老爹喊出了声。

"什么什么？"

狸把手套上下打量了一遍，赞不绝口地叫道："这不是安哥拉兔的皮吗？这可是好东西啊。"

然后，狸脸上现出一副深思熟虑的表情，说道："这么说来，那是个人啦。雪女是不戴手套的啊。那个

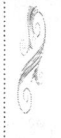

人还会再来的,把这么好的手套忘在这里,不会不来的。"

"是吗?"

老爹高兴地笑了,把手套塞到了怀里。

然而,等了不知道多少天,披毛毯披肩的女孩始终没有出现。

"今天又没来。"

"今天又没来。"

每天晚上,老爹都这样耷拉着脑袋嘟囔道。

十天、二十天过去了。

雪上又积了一层雪,已是冰冻三尺了。来雪窗的客人都吐着白色的哈气,说:"老爹,好冷啊!"

"是啊是啊,好冷啊。"

老爹随声附和着,却不是把客人要的萝卜和芋头弄错,就是心不在焉地把酱汤打翻在地。而且,他还总是神情恍惚地眺望着远方的山。

一天晚上,老爹对狸说:"去野泽村走一趟,怎么样?"

"什么?这冰天雪地的,怎么去?"

"拉着车摊子,翻过这座山去噢。做生意,常常换换地方才有意思嘛。"

听了这话,狸沉着脸把头转向一边:"老爹,你就是不说,我也明白呀。你是要去找那个孩子啊!"

老爹把手伸进了怀里。

"啊啊，那孩子的一只手很冷吧？"老爹自言自语。

"可是山里寒风刺骨啊。"

"不碍事。围上厚厚的围巾不就得了。"

"可山里什么妖怪没有啊，鬼啊，天狗啊，额头上长着一只眼的妖怪呀……"

"不碍事。我的胆子比别人大一倍。"

"是吗？既然是这样，那我就跟随您一起去吧。"

狸像个忠实的仆人似的点点头。

3

翌日，是一个阴沉沉的雪天，老爹和狸拉着雪窗那架嘎吱嘎吱作响的车摊子，出发了。

通往野泽村的路陡峭难行。

尽管在白天还有公共汽车与人的形迹，可是到了夜里，这一带则是一片怕人的死寂。又是雪埋山道，比想象中要难走得多，狸已经滑了三跤了。

"老爹，还、还有多远？"

车摊子后面，传来了狸那可怜巴巴的声音。

"早哪早哪，还早着哪！"

老爹慢吞吞地答道。这么说，还没有到天狗住的森林，还没翻过额头上长眼的妖怪出没的险峻的山口哪。北风呼啸，细碎的雪粒嗖嗖地迎风飞舞。

"把灯点起来吧！"

老爹点燃了车摊子的那盏煤油灯。顿时，小小的、四角形的光，映亮了风雪迷漫的夜路。布帘的影子，在灯光中轻轻摇晃。

　　狸一下子变得神采飞扬起来："啊，灯一亮，心情就变得轻松多了，仿佛来了客人似的。"

　　可就在这时，背后响起了一个声音：

　　"雪窗店家。"

　　狸吃了一惊，耸耳细辨，唔，大概是听错了吧？可这次，又有谁在前面呼唤开了：

　　"雪窗店家。"

　　老爹也止住了脚步，他想，是心理作用吧，这么昏天黑地的大山里，不可能有客人来啊！虽说这样，他们还是把车摊子停住了，向四下张望。"嗖——"突然风声大作，一个细微的声音，从前面、后面、左面、右面，铺天盖地地涌了过来。

　　"雪窗店家、雪窗店家、雪窗——店家……"

　　"唉——"

　　老爹不由得大声地答应道。于是，喊声刹那间停止了。

　　什么人也没有。唯有一片片形状各异的树木，银装素裹地默立在那里。

　　"嘿，"狸不禁啧啧称奇，"老爹，这是树精在搞恶作剧啊！我们就假装没听见，一直往前走吧。"

　　嘎吱嘎吱，雪窗又动了起来。

一边拉车，老爹一边想，方才的呼唤声好像是美代的声音啊。

美代六岁那年病死了。恰好是十年前，也是这样一个严冬的夜晚，自己背着高烧烧得像火炭一样的美代，翻过了山口。

那是一个月圆之夜。老爹飞快地穿过了天狗的森林，翻过了额头上长眼的妖怪出没的山口。深夜，他终于赶到了野泽村医生的家门口，可背上的美代早已浑身冰凉了。

那时，老爹不禁暗自思忖道：美代的灵魂，究竟是在哪段路上飞走的呢？要是现在立即就往回走，说不定能在山口找回正在嘤嘤抽泣的美代的灵魂吧？

即使是在十年后的今天，老爹依然还是这样想。所以，那天晚上，当那个披着毛毯披肩的女孩从山上下来时，他惊愕得简直是目瞪口呆了。

"真是太像美代了！"

老爹把一只手插到了怀里，抚摸着那只手套。

"东风加西风，南风加北风。"

狸在后面唱起了歌。嗨哟嗨哟，老爹也合上了拍子。

总算是走进了森林。车摊子的灯光，忽明忽暗地闪闪烁烁。突然，头顶上响起了一个尖锐的声音："雪窗店家，萝卜煮好了吗？"

老爹吓了一跳，把车子停住了。

"谁呀？"

狸朝上看去。天狗那黑乎乎的影子就在旁边的树顶上，鼻子伸得长长的。它晃荡着两只爪子，又一次嘲笑道："萝卜煮好了吗？"

说完，它一边嘎嘎大笑，一边像蝙蝠一样，蹿到了另外一根树枝上。这可把狸气坏了，狸噘着嘴，满脸怒形于色。树上不去，狸就学着大人的模样把脸扭向一边。

"真受不了这样的家伙嘲笑！老爹，就装作没听见，一直往前走！"它说。

雪窗又动了起来。后面传来了天狗的大笑声。

车摊子抵达了山口。

就在这时，面前一哄蹿出了一大群黑影子，呼地排成一列，孩子做游戏似的张开双臂拦住了他们的去路。

接着，便异口同声地喊道："雪窗店家，给点好吃的尝尝！"

一个个只有眼睛闪闪发亮。

"不给点好吃的尝尝，别想过去！"

听上去，还是孩子的声音。老爹举目细辨，只见它们全穿着一模一样的短裤衩，头上长着一对犄角。

"是鬼呀！"

狸轻声嘀咕道。

"可……可还是一群小崽子啊。哄哄它们，让我们过去吧！"

老爹点点头，用温柔的声音说："真不巧，今天晚上我们是在搬家啊，什么吃的也没有。"

小鬼们齐声问道："是真的吗？"

老爹打开了锅盖，答道："是是，是真的啊。我说得不错吧，是空的啊！"

狸接着老爹，用更温柔的声音说道："以后，到野泽村来吃吧。"

想不到，小鬼们却一齐伸出了一只手，说："既然是那样，给我们餐券！"

"好哇好哇。"狸连连点头，随后趁这群小鬼不注意，捡了十来片矮竹的叶子，发给它们："喏，餐券。拿着它到野泽村来，一盘杂烩免费。"

哇，小鬼们兴奋得炸开了锅。

老爹开心地望着它们。

美代小时候，也拿树叶玩过。一闭上眼，美代玩过的各种各样的树叶，就会漫天匝地地飘来。

当过家家玩儿的盘子的树叶、当纸牌的树叶、当船的树叶，还有被当成雪兔耳朵的树叶……

　　丁丁当当小山的小兔，
　　为何耳朵那么长？
　　溜进妈妈的菜园子时，

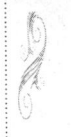

  吃了矮竹的叶榧子树①的叶,
  耳朵才会那么长。

 传来了曾经唱给美代听的童谣。不过,这回是小鬼们唱着同样的歌,走远了。

  丁丁当当小山的小兔,
  为何眼睛那么红?
  溜进妈妈的菜园子时,
  吃了红树的果实,
  眼睛才会那么红。

 "幸亏碰上的是小鬼。要是换了它们的父母,可就没有这么容易脱身啦。"狸独自念叨着。

 老爹点点头,又拉起了车。

 "你不冷吗?"

 老爹一边腾出一只手弄正围巾,一边问。狸精神抖擞地回答:"一点也不冷!"

 往年这样的数九寒天,狸早就钻进洞里冬眠了,可是今年,不知是每天晚上喝一杯酒的缘故,还是生意太有意思了,反正狸既不觉得冷也不觉得困。

---

 ① 榧子树:紫杉科常绿乔木。叶线形。雌雄异株。四月开花。果实呈紫褐色。种子可榨油,也可入药。长于山野。

翻过山口,就渐渐是下坡路了。

"不远啦!"

老爹正在这样激励狸,啪叽,一个冰凉的雪球砸到了他的脸上。天哦,从边上闪出一个让人不寒而栗的家伙来。

"妈呀,额头上长一只眼的妖怪!"

狸惊叫道。老爹背上也蹿出一股寒气,两手捂住脸,不由得往边上躲去。

就在这一刹那,意料之外的事情发生了!车子脱手而去,竟顺着雪坡朝山下滚去了。灯还亮着,它就那样骨碌骨碌地滚了下去。

"等等——"

老爹和狸从后面追了上去。可顺势而下的车摊子,比雪橇、比马还要快。

"喂——雪窗——"

"雪窗——"

雪窗那四角形的灯,眼看着越来越小,远去了。

"做生意可离不开它啊!"

老爹发疯一样地狂奔,奔啊奔啊,不由得倒抽了一口凉气:莫非说刚才那个家伙,真是额头上长一只眼的妖怪?

"老爹,没用了,无论如何也追不上了。"

狸在后头气喘吁吁地说。老爹扭头一看,狸蹲在地上,只有尾巴还在吧嗒吧嗒地摆动。老爹也是累得

筋疲力尽了,死心了,走了起来。

"到了山底下,总会有办法的。"

老爹轻轻叹了口气。说是这样说,车摊子一定摔坏了,七零八落了。

"真是的!跟野猪一样,突然就冲了出去!"

老爹和狸一起,踉踉跄跄地朝山下走去。

4

山脚下,雪窗孤零零地停在了野泽村的村口,仿佛是一只异色瓢虫。

"在那!在那!"

他们俩狂奔起来。

视野中,雪窗的灯光渐渐变大了。橘黄色的灯光,从四方形的窗口透射出来,帘子呼啦啦地摇晃着。

"谢天谢地,车摊子没摔坏。"

可这究竟是怎么一回事呢?车摊里有一个人影,还冒出了煮杂烩的热气。

是呀,雪窗在开店迎客。没错,没错……

可这是不可能的啊!

老爹一边眨眼,一边朝山下跑,小心翼翼地跑到了它的近前。

一看,天哪,车摊里站着的竟然是那个披着毛毯披肩的——对,就是长得酷似美代的那个女孩,笑吟吟地望着自己。锅里煮的是满满一锅子杂烩。

"欢迎光临。"

响起了女孩那明快的声音。

"啊!你……什么时候……"

老爹的胸膛一下子灼烧起来,也说不出为什么,却几乎激动得热泪盈眶了。

"你……你做给我们吃?"

老爹和狸连忙坐到了椅子上。

"啊哈,偶尔当一次客人,倒也不错咧!"

老爹朝锅里探过去:"那么,就来一盘吧。"

女孩点点头,盛了一盘子萝卜、魔芋。

"其实啊,我是来还你手套的。"

老爹迫不及待地从怀里掏出了手套。

女孩开心地笑了:"翻山越岭,就是为了特意来还我手套!"

她把手套戴到了左手上。右手,右手当然戴了一只手套啦。然后,她兴奋异常地说:"这是一副魔手套啊!戴上它,右手能做出叫人垂涎欲滴的杂烩,而左手呢,能招来许许多多的客人。"

女孩把左手举得高高的,冲着四面八方挥舞道:"来呀来呀!"

怎么样呢?

虽说是在深更半夜,人们却真的成群结队地从四面八方赶来了!有用毛巾包住双颊的人,有穿西装的

人，有穿着靴子、工作服的人，还有骑自行车的人，还有小孩。简直就像是节日的晚上，人流不断。人们吃完杂烩，搁下钱，便回家去了。

老爹和狸呆若木鸡，只是睡眼惺忪地瞧着这番光景。

"来吧，好吃的杂烩，雪窗的杂烩……"

女孩那清脆的声音，在这一带回荡着。雪窗的灯光，一个晚上也没有熄灭。

5

第二天早上，巡警在野泽村的村口，发现了一个小小的车摊子。它停在那里，店主模样的男人和一只狸，躺在长椅上呼呼大睡。

"喂，起来！"

巡警把两个人摇醒了。老爹蓦地仰起脸，找起那个女孩来。

可女孩早已无影无踪了。面前堆着的钱，多得简直是让人目瞪口呆。

"这……这是……这是昨天晚上的营业额啊！"

老爹睁圆了眼睛。

巡警带着一种奚落的口气说道："昨天晚上，生意相当兴隆呢！"

"嗯。"

"累了吧,所以就打了一个盹儿。不过,可差点就冻僵了呀!"

"嗯。"

老爹搔着脑袋想:那女孩果然是美代哩。

老爹的胸口一下子暖和起来。肯定是,他一个人点了好几次头。

猫的天堂

[法国] 左拉 著　刘半农等 译

我有一只安戈兰地方出产的猫，是一位姑母留给给我的。我从来没有见过有比这猫还蠢的畜生。瞧，这就是它向我讲的故事，是一个冬天的晚上，它坐在温暖的火炉旁边讲的。

那时我两岁，是一只最肥胖最糊涂的猫。在那弱小的年龄，我还自负得了不得，以为这温暖的家居生活，是我们畜类应当痛恨的。可是多谢天公，他竟把我安排到了你姑母的手里去！这位好太太真疼爱我。在一套橱柜的底层，她给我铺设起一间真正的卧室来。枕头是羽毛做的，被盖是三重的。食料也和卧具相称。从不给面包，从不给汤，给的尽是肉，而且是好的，煮得半熟的、带着鲜血的肉。

好！在这种温适的生活中间，我却只有一个愿望，只有一个梦想，就是要从窗洞中溜出去，到外面屋顶上去跳动跳动。你姑母的抚摩早叫我讨厌了，床上的软适也使我烦腻得要作呕了，我身体也愈长愈胖，要把我闹出病来了。因此我整天地愁闷着，想要得到些

快乐。

我应当向你说,把我的颈项伸长了,我就可以隔着窗看见对面的屋顶。那一天,正有四只猫在那里相打,竖着毛,翘着尾,在蓝色的石板上滚来滚去,晒着老大的太阳,赌着快乐的咒。我从来也没有目睹过这样的一个奇景。自此以后,我的信仰就固定了。我知道真正的幸福,就在屋顶上,就在这一扇人家关得紧紧的窗的那一面。我也有我的证据:人家把橱柜的门都关得紧紧的,门的那一面可就是人家藏着的肉。于是我就预备起逃走的计划来了。在一生之中,除煮得半熟的、带着鲜血的肉以外,总应还有些别的东西。这东西就是"不可知",就是理想。一天早晨,人家忘了把厨房里的窗子关上,我就捉空儿一跳跳了出去,恰巧跳在窗底下的一个小屋顶上。

这屋顶多美啊!屋顶的四周,有水槽围绕着。从

水槽中，发出一种很甜美的气味。我畅畅快快地循着这水槽走，我的脚就踏在槽底的烂泥里，这烂泥的温和与柔润是无可形容的，我就好像在天鹅绒上走路一样。天气又好，太阳的热力，把我身体中的脂肪都晒得融化了。

不瞒你说，我的四肢都在发抖。在我的快乐中，还夹杂着许多恐慌。我所记得特别清楚的，是那时着了忙，几乎站不稳脚，要从屋上跌往地下来。原来是有三只猫，从别人家的屋顶尖上滚到这边，就冲着我走来，狠狠地大叫。我吓得几乎晕倒，他们却把我当作个大傻瓜，说他们这样叫，只是开开玩笑罢了。于是我也混在他们中一起叫。这样的大叫可真有趣啊！他们并不像我这样傻胖。我走路一不留神，踏到了太阳晒烫了的水槽边，身体便球也似的滚翻了，他们就拿我大大地讪笑了一回。他们中间有一只老雄猫，对我特别要好。他愿意指教我，我自然就接受了他这番好意而且谢谢他。

啊！现在是远离了你姑母的温存了！我要喝水就在水槽里喝，那美味是调糖的牛奶决然比不上的。我觉得一切都好，都美。

一只雌猫打我们旁边走过。这是只极美丽的雌猫，看见了她我身体中充满了一种不可名状的情感。我是直到那时，只有在梦中看见过这样一种可爱的动物，这样一种颈脊柔媚得可以艳羡的动物。于是我们，我和我的三个朋友，一齐走上前去向她打招呼。我比他们更近前一步。我正想说几句话向这只美丽的雌猫表示敬意，不防我的一个同伴，在我颈脊上狠狠地咬了一口，我痛得大叫一声。那只老雄猫说："呸！你将来还可以碰到许许多多呢！"他把我一把拖了就走。

这样散了一点钟的步，我可饿极了。我问我的朋友老雄猫："我们在这屋顶上吃些什么呢？"

"找到什么就吃什么。"他带着一种学者的态度说。

这个回答使我有点儿茫然，因为我找来找去，什么也没有找到。最后，我看到一间阁楼里有个年轻女工在做饭，窗下桌子上放着一块鲜美的排骨，红红的，简直让人流口水。

"我要找的就在这里。"我十分天真地这样说。

我于是跳到桌子上，叼起那块排骨，这时女工发现了我，给我背脊上狠狠一扫帚。我丢下肉，赶紧逃命，嘴上还咒骂了一通。

"你是初出茅庐吧？"老雄猫对我说，"桌上放的肉只能远远地想望，要找吃的，还得到檐槽里去。"

我怎么也没法理解厨房里的肉为什么不许猫吃。我的肚子饿得太厉害了。老雄猫告诉我，要找吃的必须等到晚上，那时候我们可以下去，到街上翻检垃圾堆。他的话真使我气馁。等到晚上！他说这话时平心静气，活像一个冷酷无情的哲学家。可是我呢，一想到这长时间吃不上饭，都感到快要昏过去了。

夜晚慢慢降临了。那是一个大雾弥漫的夜晚，冻得我浑身冰凉。一会儿又下起雨来，细细的雨丝被狂风击拍着，刺骨透心。我们从楼梯上的玻璃窗口下了楼。这街道看上去是多么丑陋！那里已经没有普照的阳光，没有融融的暖意，也没有明亮的、可以在上面惬意地打滚的白色屋顶。我的脚爪在油污的石板上打滑。我伤心地回忆起我的三层毛毯和羽绒床褥。

一到街上，我的朋友老雄猫就开始打哆嗦。他缩紧身子，缩得紧紧的，偷偷摸摸贴着房根溜过去，并叫我紧跟着他，一旦遇上一扇走马车的大门，就连忙躲到里面，还庆幸地咕噜咕噜哼一阵。我问他为什么要这么躲避。

"你看见那个背着背篓拿着挂钩的人吗？"他问我。

"看见啦。"

"嘿！他要是发现我们，就会把我们打死，把我们的肉穿在铁杆上烤着吃！"

"穿在铁杆上烤着吃！"我叫喊起来，"这么说，这街道不是我们的了？我们吃不上东西，反而要被吃掉！"

这时候，垃圾已经倒在一家家的门前。我心灰意冷地在垃圾堆里搜寻，只找到两三块沾满灰土的没有肉的骨头。这时我才体会到鲜肉是多么美味。我的朋友老雄猫熟练地扒着垃圾。他不慌不忙，领着我转悠每一条街道，一直奔波到第二天早晨。差不多有十个小时，我一直淋着雨，四肢冻得发抖。唉，该死的街道！该死的自由！我多么怀念关我的那个小安乐窝！

天亮了，老雄猫看见我走路踉踉跄跄，便神色奇异地问我："你受不了啦？"

"哦，是的。"我回答。

"你想回家了？"

"当然。可是怎么能找到家呢？"

"来吧。昨天早上看见你出来，我就知道像你这样的肥猫生来就不配享受自由带来的充满艰辛的欢乐。我认识你的家，我领你回去吧。"

这只可敬的老雄猫直率地说了这么几句话。

"再见！"到家的时候，他只对我这么说了一声，丝毫没有激动的表示。

"不，"我叫起来，"我们不能就这样分手，你跟我一起进来吧，我们分享同一张床、同一块肉，我的主人是个好心肠的女人……"

他没有让我继续说下去。

"别说了！"他粗暴地打断我的话，"你是一个傻瓜。我要是在你这么个温暖舒适的环境里，我会死去的。你的优裕富足的生活只适合那些杂种猫，自由的猫决不会以牢房为代价来换取你的鲜肉和羽绒褥垫……再见！"

他重新跳到了屋顶上。我看见他那瘦高的身影在初升阳光的抚爱下欢快地抖动着。

我回到家里。你的姑妈拿起掸子把我着实教训了一顿，我心悦诚服地领受了。我充分体味到了享受温暖和挨打的乐趣。主人打我时，我心里乐滋滋地想着：她马上就要给我肉吃了。

"你瞧，"我的猫在炭火前伸了伸懒腰，得出了结论，"我亲爱的主人，真正的幸福，天堂，就是关在一间屋子里，挨打但有肉吃。"

我这是讲给猫听的。

狐狸和驴子

[俄国] 克雷洛夫 著　韦苇 译

"你去了哪儿啊，头脑灵敏的朋友？"狐狸碰到驴子，问它道。

"刚刚我还在狮子那儿哩！你知道吗，朋友，狮子身上已经不见以往那种威势了。要在以前，它一声吼叫，整座森林都会吓得瑟瑟发抖，我准会没命地逃跑，跑得简直会忘了自己是谁；不只是我，所有的走兽都避开这丑八怪。

"可如今它老朽了，衰败、虚弱，有气无力，像截烂木头似的躺在山洞里。

"你相信吧，如今走兽们再没谁像过去那样害怕它了。大伙都要找它，把过去积下的窝囊气出尽！谁从它洞口走过，都要进去报复一下，出出气，有的用牙齿啃它，有的用犄角挑它……"

"但你照样不敢冒犯狮子吧？"狐狸盘问驴子道。

"咳，你这就把我看扁了！"驴子回答狐狸说，"我干吗还畏畏缩缩的？我也上去，狠狠给了它一脚，让它尝尝我这驴蹄的滋味！"

南柯太守

[唐] 李公佐 著　王贤 改写

有一个叫淳于棼（fén）的人，平时喜欢喝酒。他家的院中有一棵根深叶茂的大槐树，盛夏之夜，月明星稀，大树下是一个乘凉的好地方。

淳于棼过生日的那天，亲朋好友都来祝寿，他一时高兴，多喝了几杯酒。夜晚，亲友们都回去了，淳于棼带着几分醉意在大槐树下歇凉，不知不觉间睡着了。

梦中，淳于棼被两个使臣邀去，进入一个树洞。洞内晴天丽日，别有一番天地，号称大槐国。正赶上京城举行选拔官员的考试，他也报了名，考了三场，他文章写得十分顺手。等到公布考试结果时，他名列第一。紧接着皇帝进行面试，皇帝见淳于棼长得很帅，又很有才气，非常喜爱，就亲笔点为头名状元，并把公主嫁给他为妻。状元郎成了驸马郎，在京城一时传为美谈。

婚后，夫妻十分恩爱。不久，淳于棼被皇帝派往南柯郡任太守。淳于棼勤政爱民，经常到属地内调查研究，检查部下的工作，各地的行政都非常廉洁有效，当地百姓大为称赞。三十年过去了，淳于棼的政绩已是全国有名，他自己也有了五男二女七个孩子，生活非常如意。皇帝几次想把淳于棼调回京城升迁，当地百姓听说后，都纷纷拥上街头，挡住太守的马车，强行挽留他在南柯继任。淳于棼为百姓的爱戴所感动，只好留下来，并上表皇帝说明情况。皇帝欣赏他的政绩，就赏给他许多金银财宝，以示奖励。

有一年，擅萝国派兵侵犯大槐国，大槐国的将军们奉命迎敌，不料几次都被敌兵打得大败。战报传到京城，皇帝震动，急忙召集文武官员们商议对策。大臣们听说前线军事屡屡失利，敌人逼近京城，凶猛异常，一个个吓得面如土色，你看我，我看你，都束手无策。

皇帝看了大臣的样子，非常生气地说："你们平时养尊处优，享尽荣华，一旦国家有事，却都成了没嘴的葫芦，胆小怯阵，要你们有什么用？"

这时宰相想起了政绩突出的南柯太守淳于棼，于是，向皇帝推荐了他。皇帝立刻下旨，调淳于棼统率全国的精锐部队与敌军作战。

淳于棼接到皇帝的命令，立即统兵出征。可是他对兵法一无所知，与敌军刚一交战，就被打得一败涂地，手下兵马损失惨重，他自己也险些当了俘虏。

皇帝得知消息，大发雷霆，下令撤掉淳于棼的一切职务，贬为平民，遣送回老家。淳于棼想自己一世英名毁于一旦，羞愤难当，大叫一声，从梦中惊醒。

醒来后，他按梦境寻找大槐国，原来就是大槐树下的一个蚂蚁洞，一群蚂蚁正在那里面忙碌呢。

美代的灵魂，究竟是在哪段路上飞走的呢？属于猫的幸福天堂在哪里呢？而那个历经沧桑的老路灯，又该如何面对它生命中的最后一晚呢？也许，正是在我们一次次地对那些遗失的美好怅惘时，童话诞生了。

于是我们看见老路灯终于在对爱的回味中获得了内心的宁静；那个酷似女儿美代的神秘女孩，让老爹的杂烩摊生意兴隆；而可敬的老雄猫，用阳光下抖动的身影，再次向我们诠释了天堂的含义……

同样渴望美好的还有把一生都奉献给剧院的奥菲莉娅，她把影子收集起来，继续上演着人间悲喜剧，并把这精彩的影子剧院搬到了天堂……正是这些看似虚幻的事物，决定着我们生活的内在品质和精神向度。

成长的秘密

秘密,是岁月的折痕,也是成长的契机。谁的成长路上,没有些沟沟坎坎、曲曲折折呢?那些青涩的记忆里,有幼年的顽皮、有少年的倔强、有莫名的烦恼、有难抵的诱惑、有难言的委屈、有难诉的心曲……而所有这些,都留待日后,慢慢咀嚼,慢慢回味。

流浪汉查利

[美国] 拉塞尔·霍本 著　王世跃 译

"我说，"有一天海狸爷爷来做客时说，"查利要长成大人啦。"

"是啊，"查利的爸爸说，"他过来了。"

爷爷朝查利笑，从内衣口袋里掏出一枚两角五分的辅币。

"你长大了要做什么，查利?" 爷爷问。

"我要做个流浪汉。"查利回答。

"流浪汉!" 妈妈惊讶道。

"流浪汉!" 爸爸惊讶道。

"流浪汉!" 爷爷惊讶道，并把钱收回内衣口袋里。

"是的，"查利说，"我要做个流浪汉。"

"这话听着可叫人意外了，"爸爸说，"你爷爷干海狸的工作干了许多年了，我也是海狸，你却想做个流浪汉。"

"现在才有这种事儿啊!" 爷爷说着，直摇头，"我年轻的时候，孩子们可不想做流浪汉。"

"我看查利并不真的要做流浪汉。"妈妈说。

"真的，我就是要做流浪汉的。"查利说，"流浪汉不用学习怎么砍树木，怎么滚木头，怎么修坝。

"流浪汉不用练习游泳和潜水闭气。

"没人注意他们的牙齿是不是锋利。没人留心他们的皮毛是不是油滑。

"流浪汉用棍子挑着小包袱，天晴睡在田野里，雨天睡在谷仓里。

"流浪汉只是到处流浪，快活又自在。当他们想吃东西的时候，就为那些想请别人干零活儿的人干点零活儿。"

"我有许多零活儿给你干呀！"爸爸说，"你可以帮我砍树苗做我们过冬的食物。你可以帮我挖备用的隧道做我们的住处。当然，水坝总是需要修理的。"

"那不是零活儿，"查利说，"那是重活儿。"

"我年轻的时候，"爷爷说，"孩子们就干重活儿。现在他们都想干零活儿。"

"好吧，"爸爸说，"如果查利想做流浪汉，那么我看他就应该做流浪汉。我们不应该阻拦他。"

"现在天晴又暖和，"查利说，"我可以睡在田野里了吗？"

"行啊。"妈妈说。

查利用一块手帕将几块蛋糕和奶糖裹成一个小包，然后用一根木棍挑着，准备上路了。

"我该去流浪了。"查利说。

"再见，流浪汉先生。"爸爸和爷爷说。

"再见，流浪汉先生。"妈妈说，"准时回家吃早饭，还有，别忘了今晚刷牙。"

查利登上他的小船，划过池塘，沿着小路流浪去了。妈妈、爸爸和爷爷在后边朝他挥手作别。

"我想起来了，"爷爷说，"我小的时候也想做流浪汉，就像查利那样。"

"我也是啊！"爸爸说。

"男人都这样，"妈妈说，"他们都想做流浪汉。"

查利沿着小路流浪，脚下踢着一块石子儿，嘴里吹着流浪汉之歌。

他眺望蓝色的远山，他倾听母牛的颈铃在远处的草场上叮当。

有时，他停下来朝电话杆子扔石子儿，有时，他坐在树下注视着云儿飘过。

查利一直流浪到太阳快要落山了，才找了一块田地睡下。他找块生长着雏菊的田地，草和苜蓿在那里散发着香味儿。

查利解开小包，拿出蛋糕和奶糖。在他吃着的时候星星出来了。

"当流浪汉真有趣。"查利自言自语地说。他睡着了。

第二天早晨，他划过池塘，妈妈正在窗口望着他呢。

"查利回来了，"她跟丈夫说，"身上的毛乱蓬蓬的，棍子上还挑着一束雏菊。"

"早晨好，夫人。"查利对出来开门的妈妈说。他把雏菊献给她，问："您能不能给我一件零活儿干干，换一顿早饭吃？"

"你可以把大划艇里的水舀出来，"爸爸说，"这活儿对你再好不过了。"

"好的。"查利说，"干完了我就在后门台阶吃早饭，因为流浪汉都是那样做的。"

于是查利舀干了大划艇里的水。他在后门台阶上吃早饭的时候，爸爸过来挨着他坐下。"做流浪汉好吗？"他问。

"好极了，"查利说，"比做海狸可容易得多。"

"昨晚你睡得怎样？"爸爸问。

"好极了，"查利说，"就是有什么东西老吵醒我。"

"是吓人的东西吗？"爸爸问。

"不，"查利说，"是好玩的东西，可我不知道是什么。今天夜里我一定要再听听。"

饭后，查利划过池塘，吹着他的流浪汉之歌，沿着小路走了。

查利流浪了一天。他听鸟的歌唱，他嗅长在路边的花朵。有时他停下来采摘黑莓，有时他在围栏上面走。

中午和傍晚查利回家,打零工挣午饭和晚饭吃。

为了一顿午饭,他往地窖里堆过冬用的小树。为了一顿晚饭,他帮爸爸修理小码头上的一块木板。

晚饭后,查利又回到生长着苜蓿和雏菊的那块田地里。在那儿他吃了蛋糕和奶糖,然后就等着听昨天夜里听到的声音。

查利听到青蛙和蟋蟀在静静的夜里联唱,他还听到了别的什么东西。他听到一连串哗儿哗儿的声音,像是一支没有词的短歌。

查利想好好听一听这哗儿哗儿的歌,于是他爬起来,走到发出声响的树林里。

他看到一条小溪,在月光下唱着歌儿流过,他就坐下来又听那支歌,但是哗儿哗儿的声音使查利发痒,他坐不住了。

他脱下衣服,扎进小溪,在流水唱出的歌声里游来游去。

然后查利爬上来,砍倒长在岸上的一棵小树,把它推到水里。

查利深吸了一口气,带着树潜到了溪底,使劲儿插到泥里,不让它漂走。

这时他又听流水的歌,比刚才更喜欢它了。于是查利砍下更多的树,着手修建一道小水坝,好不让流水都哗儿哗儿地流走。

查利在他的小水坝上工作了整整一夜。到黎明时

分，小溪已经变宽，成了一个池塘了。这时流水的歌不再使查利发痒了，他说："我看现在我可以回去睡觉了。"

为了保持牙齿锋利，他刷了刷牙。为了让身上的毛保持防水功能，他给它们上了油。然后他才到他的新池塘上的一个老柳树洞里去睡了。

查利睡过了早饭时间。妈妈见不到他，开始着急了。

"查利保准没事儿的，"爸爸说，"不过我想还是找一找的好。"他来到小码头，用尾巴在水面上一击。啪！

啪！爷爷用尾巴回答了，并过来看出了什么事。

"让那孩子跑去做流浪汉，我真看不出有什么好处。"妈妈说。

"现在的事儿，真是，"爷爷说，"孩子们逃走，没好处啊！"

于是妈妈、爸爸和爷爷去找查利。过了一会儿他们来到那个新池塘。但他们没有看见睡在树洞里的查利。

"我记得以前这儿没有池塘啊！"爷爷说。

"我也不记得啊，"爸爸说，"一定是个新的池塘。"

"真是个好池塘。"爷爷说，"谁弄的呢？"

"难说。"爸爸说，"也许是海狸哈里，您看呢？"

"不,"爷爷说,"哈里修坝总是很草率,而这道坝修得一点儿也不草率。"

"是不是老海狸泽伯呢?"爸爸说,"泽伯的坝总是很美观。"

"不,"爷爷说,"泽伯从来不修这样的圆形池塘。他偏爱长方形的池塘。"

"您说对了,"爸爸说,"他是偏爱……"

"咦?"妈妈对爸爸说,"这池塘看着像是你修的。"

"她说得不错,"爷爷说,"是像你修的。"

"这可怪了,"爸爸说,"我没有修,可又是谁修的呢?"

"我修的,"查利应声说道,他刚好醒来爬出树洞,"那是我的池塘。"

"是你的池塘?"爸爸问。

"是我的池塘。"查利说。

"我以为你是一个流浪汉呢,"爷爷说,"流浪汉可不修池塘。"

"啊,"查利说,"有时我喜欢到处流浪,有时我喜欢修池塘。"

"能修这种池塘的流浪汉,过不了几天就要变成海狸的。"爸爸说。

"如今才有这样的事儿啊!"爷爷说,"你根本不知道一个流浪汉什么时候会变成一个海狸。"他从内衣口袋里掏出那枚两角五分的辅币,送给查利。

"谢谢。"查利说,"妈妈在哪儿?"

原来妈妈跑回了小船,尽快地划过池塘去。等男人们赶到家时,她已经把煎饼和槭糖浆在桌上摆好了。

烟 斗

[美国] 凯·韦瑟斯比 著 张云皋 译

道先生开的铺子,远邻近舍,家家熟知。这家小店出售各种各样的零星百货;老老少少,都来光顾,选购各自所需的用品。货架上,店柜上,摆着一条条钥匙链,一只只放硬币和纸币的皮夹,一副副游戏扑克,别针和缝衣针,雪茄烟盒烟斗,还有许许多多别的小百货。货架上的样品,琳琅满目,美不胜收。

小乔伊每天放学以后,就逛进这家小店东张西望。他爱看那些烟斗,其中有一只特别惹他注目。每当他回家路过这里,总要盯它一阵,而且一见了它就目不转睛,心想:"总有那么一天,我会长大成人,可以抽抽烟斗,就像这只。"他记不起父亲是啥模样,但是他知道父亲准是抽烟斗的。小乔伊伸出手去摸了摸那只烟斗,又用一根手指在烟斗杆上轻轻地摩挲着。

他老是在想,他长大了,就可以去工作,她的母亲就可以待在家里,他自己再也用不着放学后在外面闲荡三个小时等母亲下班回家;他可以下了班径直回家,母亲会在家早早把晚饭做好,只等他回来吃;晚

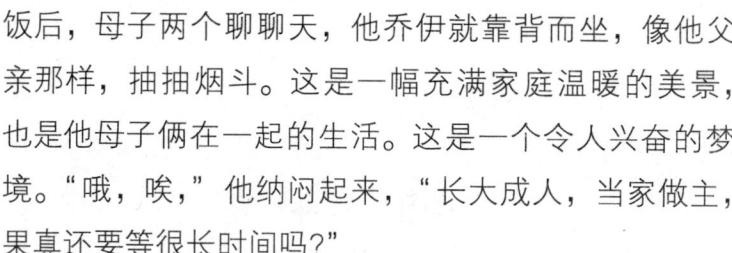

饭后,母子两个聊聊天,他乔伊就靠背而坐,像他父亲那样,抽抽烟斗。这是一幅充满家庭温暖的美景,也是他母子俩在一起的生活。这是一个令人兴奋的梦境。"哦,唉,"他纳闷起来,"长大成人,当家做主,果真还要等很长时间吗?"

他向四周张望了一下,发现谁也没注意他。他把装烟丝的斗儿抓在手里。他只想捏捏这斗儿,看是啥感觉,绝没有别的意思。他望着烟斗,心里甜滋滋的,陶醉在他的梦境里,希望自己像他父亲那样,他竭力设法回想父亲到底是啥模样儿。

他猛然惊醒,听到身后有脚步声;他胆战心惊,迅即扭头一看,原来是那位和和气气的店主人——道先生。小乔伊顿时呆若木鸡,动弹不得。

"你好,乔伊。"道先生向他打了个招呼,继续踱他的方步。小乔伊极力想回答,可是喉头筑了坝,话被挡回去了,直到道先生走开时他才勉强地报以一丝浅笑。

小乔伊有点犯疑惑:"道先生看到那烟斗在我手里没有?他是不是怀疑我了呢?"这时,小店似乎特别闷热了。小乔伊低着头,看见自己的双脚开始移动,渐渐地把他带出了小店。他到底在干什么,连自己也不清楚。店铺外边,空气清凉,凉气吸来清新,但他的心里却忐忑不安。

他失魂落魄,提心吊胆,向儿童游戏场走去。他向四周看了一下,见到几架空着的秋千。他一个箭步跳上了一架秋千，身子往侧边一靠抓住一条链子，冰冷的铁索擦疼了他的肋骨。他坐在秋千上，用一只脚蹬了一下地面。肚子被一个硬东西戳痛了，痛得他险些失声叫起来，然而他没叫，因为他知道那是烟斗，是他刚才顺手从小店里拿出来的。他一阵惊恐，浑身哆嗦，觉得对不起自己的母亲。他偷了东西。可是，他并不是有意要偷的呀。问题出得这么快！他一心想长大成人，可现在呢，他一点也不觉得成长起来了。

秋千微摇轻摆，他无心荡它，但也不想离开，因为他没有别的地方可去。傍晚的空气，越来越冷，小乔伊冷得直打哆嗦。他把手伸进衣袋掏出那只烟斗来，装烟丝的斗儿握在手里，他两眼发忧（chù）地望着，心烦意乱，理不出个头绪。看来没有一点是对的，完全错啦！他向四周仔仔细细查看了一番，连一个人影也没有。

小乔伊低着头，看着污渍斑斑的棕色跑鞋，犯起愁来：道先生会不会报告了警察呢？警察会来抓他的。他们在哪里呢？他把头颈抬得高高的，想透过树隙看看街道。那儿一辆警车也没有。也许警察正等着他回家，说不定有一辆警车就停在他家门前呢。

小乔伊的脑海里，翻腾着种种念头：他可以说自己没拿过烟斗，因为根本没有人看到他拿。谁也不会知道他偷走了烟斗。不过，他自己心里明白，他犯了案。

他最后踏住秋千的晃荡。平常日子，他挺爱把秋千荡得高高的，比世界上任何人都荡得高。可是现在，

他一点儿也不想荡。他感到不舒服,头痛得厉害。他的羊毛衫也似乎太紧。他肯定自己不正常。他望着地面,竭力镇定一下思想。他可以把烟斗藏起来,或者把它扔掉,也可以照价把钱付给道先生。在他的脑海里,这些念头一次又一次地兜来转去,没完没了。他感到浑身难过。

夕阳西下,他应该回家了。时光飞逝。回到家里,母亲准会洞察他的一切,会发觉他出了什么乱子。她明察秋毫,啥也瞒不过她。小乔伊一眨双眼,一串热泪簌簌淌过脸颊。母亲相信他,可这才第一年哪,在他放学以后到母亲放工回家,仅仅三个小时让他独自闲荡呀。母亲非上班做工不可。这……这他明白。要给他买衣服,要买母子俩的食物,还得交付他们的房租,她非做工不可。他没有忘记那条正道。母亲叮咛他说:"乔伊呀,如今你是个小男子汉啦。"他回想起母亲的话,就痛心疾首。她信任他。一想到这点,他就仿佛感到有人在他肋间戳进了大头针。现在,母亲对他的信任开始在他脑际萦绕,驱走一切邪念。

"妈妈相信我呀。"他不停地对自己说,"她信得过我呀。"母亲的信任最重要!比起这个来,那烟斗和烟斗的魅力又算得了什么呢?他那长大成人的美梦也毫无意义。

小乔伊望着向他投射来的长条身影,知道该拿定什么主意了。他心急火燎,要了却这桩心事,便跳离秋千,拔腿就跑。

西瓜熟了

[美国] 波尔顿·迪尔 著 朱怀治 译

十五岁那年，我们全家搬到乡下去了。到了第二年夏天，小伙伴们对我仍然不信任，连好友弗莱德和裘德也对我白眼相看，也许因为我是个城里人吧。

我的邻居有个女孩叫维拉迪，我们每天见到她顶多问个早安什么的，因为我们都怕见到她爸爸那凶神恶煞的样子。

她爸爸威尔斯个头很大，眼睛射出的光阴森可怕，令人胆寒，哪怕只是瞟你一眼，也会使你全身发怵。可有一点，他是这一带妇孺皆知的种瓜能手。他犁起地来，那吆喝声如雷贯耳，一里之外也能听见。他在牲口棚后面的沙地里全种上了西瓜。一个个滚圆滴溜的西瓜竟然顺从地从地下接二连三地蹦了出来。

在别人看来，西瓜被鳖什么的偷吃几口，或者被孩子们摘去几个算不了什么；趁人不注意，溜进瓜地，"借"上几个尝尝，也不为"窃"。

威尔斯先生却不同，你要是无意中走近他的瓜地，他都会睁大鼓鼓的双眼，死死地盯着你的一举一动。

这年夏天，威尔斯的瓜地里长出了一个罕见的大西瓜。他声称这瓜是留种的，还说要用这瓜的子儿，来年再种他一大块地呢。

要是能把这大西瓜偷来就好了。我和弗莱德、裘德嘀咕着，盘算着。可是谈何容易！要是被威尔斯看到，发起火来，还不叫人够受的。每到晚上，他都坐在牲口棚堆草的阁楼上"严阵以待"呢！

我们坐在门廊前乘凉，每每看到他在阁楼上的窗前伫立的身影，一种莫名的紧张和烦躁就会油然而生。

"瞧他那模样，"爸爸总是这样评论，"谁要是想偷瓜，看了这个样子也会吓死。"

一天晚上，月亮滚圆滚圆的，弗莱德和裘德邀我到小河去游泳。皎洁的月光照得大地如同白昼，一切在月光下都变得温情脉脉。这静谧的月夜使人仿佛觉得，此时此刻世界上没有做不到的事情，哪怕约维拉迪出来幽会，她也不会拒绝。

小河水冰凉刺骨。我们在水里扑腾了一阵子，身子渐渐热乎起来。我们爬上岸准备歇一会儿。月亮又悄悄地爬高了一点。

弗莱德说："威尔斯这老家伙今晚可不用担心他的西瓜了，瞧这月光，把大地照得通明雪亮的。"

"他才不会那么傻，"裘德纠正道，"我来的时候，看见他在阁楼上呢！他的瓜就像放进了国家银行，保险得很咧！"

我倏地站起:"我才不信那个邪!我现在就去把它摘来。你们等着瞧吧!"

他们仿佛不认识我似的看着我,半天没吱声。我也沉默了。直到现在,我也不知道,当时怎么会鬼使神差地说出这番话来。

"再考虑考虑吧,"裘德有些犹豫,"从这儿到西瓜地足有二百码远呢!"

"就是,"弗莱德也胆怯起来,"最好另找一天,等没了月亮再干。"

"黑灯瞎火地干算啥本事?"我执拗地说,"我就是要从他的鼻子底下把瓜摘走,今晚就干!"

说完我率先顺着河岸走去。此时再改变主意也来不及了。当然,我也不想改变主意。到了瓜地对面,我们拨开柳条,朝牲口棚望去,威尔斯的身影立刻映入眼帘。

"你不会得手的,"裘德下了断言,"没等你走出六步,他就会发现你的。"

"我不会那么蠢,大摇大摆地走过去。"我反驳道。

我钻出了柳树林,趴平了身子,匍匐前进,身旁的草丛发出窸窸窣窣的响声。爬了几步,我抬头警惕地向牲口棚方向望了望。没有什么动静。忽然听到身旁吧唧吧唧的声音,吓了一跳。定眼一瞧,原来是一只鳖在啃吃小西瓜。

这段路显得那样漫长。每移动一步,总觉得威尔

斯先生已经发现了我。不知过了多长时间，才爬到大西瓜面前。

看着那硕大无朋被月光映得深绿深绿的西瓜，我呼吸急促起来。我静静地躺了一会儿，喘着粗气，浓郁的泥土气息、瓜蔓的霉涩味直扑鼻孔而来。我心里不由得纳闷着：我这是在干啥？

管他呢。我一不做二不休，用手抱住西瓜，弄断了瓜蒂，又瞅了瞅牲口棚——没事！

我推着西瓜，原路返回。西瓜沉得很，我一步一步挪动着，推着，心里越来越紧张。时间怎么过得这么慢？仿佛过了一个世纪！我使尽最后一点力气，把瓜推进了柳树林。

伙伴们一把拽住我："嘿！真有你的。"

"快把西瓜抬走。"我急忙吩咐。

裘德和弗莱德一人抬一头,我扶着瓜身,趔趄着,摇晃着,好几次差点把瓜掉在地上。我们费尽九牛二虎之力才把瓜运到游泳时供歇息的洼地,一屁股坐在地上,上气不接下气。弗莱德拍了拍大西瓜,欣喜地说:"哈!到底给弄到手了。"

"我说,趁现在四周没人,打开吃了拉倒。"裘德建议说。

"别忙,"我郑重其事地说,"这可是老威尔斯留的种瓜,要慎重对待。还是由我来开吧。"

小刀噗的一声戳进了厚厚的瓜皮,西瓜哧啦一声从中裂开,水淋淋的瓜瓤在月光下熠熠发光。我用手指掰下了一大块,咬上一口,美滋滋地闭上双眼,只觉得瓜汁涓涓地沁入喉管,味道甘美、香甜。

弗莱德和裘德还眼巴巴地望着我呢。"你们也吃吧。"我说。

我们敞开肚皮大吃起来。不一会儿,肚子胀得鼓囊囊的,嘴里黏糊糊的,我们才无可奈何地望着剩下的一大半瓜发腻。

猛然间我感到一阵怅然和感伤:冒着这么大的风险,费了这么大的气力,瓜却吃不完。我支起身子,怏怏地说:"回去吧。"

"这咋办?"裘德指了指剩下的瓜。

我一脚把它踢成几块,踏上去,踩着。他们不解

地看着我发愣。我捡起一块，扔给他们。他们学着样儿，也用脚把瓜踩得稀烂。地上到处是踩碎的瓜皮。我们咯咯地开怀笑了。

"好了，没事了。"我如释重负。他们也茫然地点了点头。

回家的路上，我心里开始忐忑不安起来。虽然我知道弗莱德和裘德被我的行动所折服，但是我丝毫没有胜利者的喜悦。

"你去哪儿了？"我一踏上走廊，爸爸就问我。

"凫水去了。"我有点心虚地说。

我扭头向威尔斯先生的牲口棚方向瞟了一眼，明晃晃的月亮依旧高悬在天空，而窗口的人影不见了——他朝瓜地中央踽踽而来，我的心一下跳到了嗓子眼。

他径自走到丢瓜的地方停下，四周看了看，接着弯下腰在地上摸了几摸。他猛然直起腰来，号啕大哭起来，那呼天喊地的悲鸣十分凄惨，令人心碎，使人窒息，像刀子一样直刺我的心。爸爸从椅子上倏地站起，而我的双腿像被钉住了似的。

威尔斯先生踉跄着，发疯似的在瓜地上胡乱搜寻。他号啕着，恸哭着，丧心病狂地踢着，西瓜一个一个被捣得稀烂，过了一会儿他停止了哭泣，但脚仍然在不停地踩着，摧毁着脚下的一切。爸爸赶上去，双手抓住他。他一把将爸爸推开，爸爸趔趄着倒在地上。

他双眼发直,牙齿紧咬着下嘴唇,脚踢着,踩着,地上弄得稀糊糊的一片。

最后,他在丢西瓜的地方停住了,胸部急剧地起伏着。地球的运动似乎戛然而止。

"我留种的瓜没了。"他哭诉着,泪珠闪动着,从双颊上潸然滚落。我还是第一次见到男人发出这样痛切的悲鸣,我有些不忍。

"我老婆入春以来,"他哽咽着,"一直病恹恹的。我琢磨着,瓜熟了,就给她吃了补补身子。瓜子就留到明年做种子。她望眼欲穿,每天都絮絮叨叨地问我,西瓜熟了不?"

我不由得抬头向他家望了一眼。面容苍白清癯(qú)的威尔斯太太和女儿维拉迪无力地倚在厨房门边。我难受极了,猛地转身,径自跑回自己的房间。

这天夜里,我辗转反侧,彻夜未眠。月亮也不知什么时候躲进了云层,黑暗笼罩着大地。我追悔莫及,十六岁孩子的虚荣和好强,竟使我向老人进行了这般挑战。

天刚刚亮,我到厨房拿了一个纸袋,向低洼地走去。清新的空气伴着露珠迎面吹来,虽然寒气袭人,但也夹着淡淡的馨香。我怔怔地看着地上糊满泥浆的西瓜皮,昨晚威尔斯先生如疯似狂的情景又浮现在眼前。

瓜子稀稀拉拉地撒了一地,上面还粘着瓜瓤,黏

黏糊糊的。我耐着性子,把一颗一颗黑色的瓜子捡了起来,小心地剔去上面的瓜瓤和泥浆。

一回到家,爸爸就问我:"昨晚你干了些什么?"

"爸爸,"我怯怯地说,"我想和威尔斯先生谈谈。"

"到底发生了什么事?"爸爸紧紧追问。

"我害怕。你能和我一块去吗?去了就知道了。"我央求道。

"好吧。"他语气缓和了一些。

他家门口有一条砖铺的路。一踏上去,我双腿就开始瑟瑟发抖。到了他家门口,心里还怦怦地跳个不停。我敲了敲门。维拉迪来开门。

"我想和你爸爸谈谈,行吗?"我耷拉着脑袋,没敢正眼瞧她。

"找我有什么事?"威尔斯先生走了出来。他眼窝凹了进去,瘦了许多。他眼睛直勾勾地盯着我,好像我脸上长了什么东西似的。

我踌躇了一会儿,然后咬了咬牙,递上纸袋,鼓足了勇气说:"威尔斯先生,这是您那个大西瓜的瓜子,我能找的都给您找回来了。"

爸爸和威尔斯先生吃惊地看着我,但是我没有躲开他们的目光。

"瓜是你偷的?"他眼睛瞪得滚圆。

"是的,威尔斯先生。真对不起。"我喃喃地回答道。

"你为什么要偷呢？"

"我也不知道。"

"难道你不知道那是我留种的瓜？"

他挺直了身子，眼里突然射出一种奇异的光芒。我真想溜之大吉，可双腿没有挪动。

"我太太需要那个西瓜，"他说，"我以前以为她自己要吃呢。其实，她是想邀请左邻右舍来做客，让大家尝尝。可是，她太失望了。"

我惭愧地低下了头："实在对不起。"

"孩子，你以为把瓜子送回来，就没事了？"

"我想这样我会好受些。"我抬起头来解释说，"西瓜已经难以复原如初了，可种子，种子就是明年呀！"

"可今年呢？你把今年的一切全毁了！"他又激动起来。

"我非常抱歉，实在对不起。"我再也不敢正眼瞧他，目光从他身上移向旁边的维拉迪。

"不过，"威尔斯先生蹙着眉头，瞅了我一眼，"我对自己昨晚干的事也感到羞愧和内疚。你毁了今年的一半，而另一半却是我自己毁的。两人都有错。"

"种子就是明年呀！"我搜肠刮肚，找不出其他合适的话，"明年我一定帮您，威尔斯先生。"

威尔斯先生这才看了我爸爸一眼，脸上露出一丝苦涩的笑容，目光却柔和起来。

"我种这一大片地倒也需要个男孩做个帮手,特别是你这样的小家伙。"他走到我跟前,把手放在我的肩胛上,"今年是没办法了,明年肯定要种的,我们俩一块种!"

"好的,威尔斯先生!"我偷偷地看了维拉迪一眼,她的眼睛在笑呢!

"可有一点,威尔斯先生,"我脱口而出,"你不必再用什么大西瓜来请大伙儿做客了。要知道,门廊前再没空地方了,我和维拉迪随时要待在那儿呢!"

爸爸和威尔斯先生都忍不住哈哈笑了起来。维拉迪的脸唰地红了。慌忙之中,我退出了大门。

流浪汉与小男孩

[阿根廷] 莱·巴尔莱塔 著 朱景冬 译

小男孩费尔南多碰见流浪汉坐在门槛上。他怯生生地停在流浪汉的面前。他虽然害怕,但却被流浪汉那长着乱蓬蓬的、又粗又硬的头发的脑袋吸引住了。于是他鼓起勇气去瞧流浪汉的脸,可是他的双腿却微微颤抖,做好了逃走的准备。流浪汉坐在那儿一动不动,连眼睛也不转,嘴也不动。小男孩鼓足了勇气,向前迈了一步。他的面颊闪烁着勇敢的光芒。他又向前走了一点,对着流浪汉眨了眨眼睛。他距离这个"拎口袋的人"不到一步远了。流浪汉抱着他的口袋和棍子。小男孩又把一只脚颤抖着向前移动了一尺,心里想:你瞧,我多么勇敢!他真想用手碰流浪汉一下,好跑回家去告诉马蒂尔德婶婶他敢碰这个"拎口袋的人"。

流浪汉没有动弹,他甚至没有扭过头来看小男孩一眼。费尔南多却相反,他要尽情地把流浪汉打量一番。他先瞧流浪汉的短靴,因为流浪汉没有光脚,他的左脚上是一只用皮和布做的旧靴,右脚上是一只鞋

帮开绽了的靴子，露出了一排像鱼牙似的鞋钉子。

小男孩觉得他穿的这双靴子实在好看，他只见过马戏团的小丑和卡利托斯穿过这样的靴子。马戏团的小丑会耍那么多奇妙的玩意儿；卡利托斯则是一个比皇帝的本领还大的人，他特别爱在流动饭摊上偷香肠吃。

小男孩注意到，流浪汉不喜欢任何多余的东西。他不系鞋带，不用扣子，也不穿袜子！裤子不是灰色的，也不是绿色的、栗色的、紫色的，而是这些颜色的混合色。一条裤管短，一条裤管破，线一直开到靴子口。膝盖上剐破了一道口子，用白线缝得很糟糕。

他的上衣并不旧，只是沾满了泥土，皱皱巴巴的。袒露的胸部几乎被胡子遮住了。头上没戴帽子，头发一缕一缕的。眼睛与其说是和善的，不如说是悲伤的。眉毛浓密，但很乱。

小男孩打量着他，好奇心难以掩饰。他的眼睛像大麻蝇似的在流浪汉身上转来转去，但是流浪汉一动不动，仿佛在留神倾听几只蚂蚁来来往往、忙忙碌碌的动静。那些蚂蚁的腹部和胸部一样大。

小男孩用又尖又细的声音说：

"你在这儿做什么？"

但是长胡子的流浪汉不愿意听他的问话。蚂蚁在弯弯曲曲的小路上爬来爬去，密密麻麻，不断地相撞，不容易前进。有一些蚂蚁叼着一片树叶爬得很慢。树叶太重，它们使出全身的力气也还是不行，所以老是东倒西歪，就像那种小帆船一样，被风吹得歪歪斜斜的，船舷甚至贴着了水面。

小男孩壮了壮胆子，看了一眼流浪汉放在地上的口袋和棍子，克制着逃走的想法，悄悄向他靠近，直到差一点碰着了他。然后，小男孩用脚尖颤抖地碰了碰他，这时，流浪汉摇了摇头。费尔南多像被针扎了一下似的往后跳了几步，吓得睁大眼睛望着他，心中暗想，应该向他扔一块石头。费尔南多不怨他，也不恨他，但是他想用石头碰他一下，让他动一动，让他开口说话，看看他是不是跟所有的人一样。

流浪汉用他那双发红的、爱流泪的眼睛望了望小男孩。费尔南多明白，即使找到一堆石头、瓦片，他也只能以失败告终。

"你没有家吗？"小男孩用他那尖细的声音问。

流浪汉缓缓地摇了摇头。

"你夜里在哪儿睡觉？"

流浪汉粗声粗气地回答：

"随便在什么地方，可以在这儿，可以在那儿……在荒地里……"

他的声音使小男孩感到失望。

费尔南多想问问他是不是害怕，但是又觉得自己的问话太可笑了。

"你没有妈妈吗？"

"没有，我没有。"

"跟我一样。"小男孩说。

"你有儿子吗？"

"没有，我没有。"

"有兄弟吗？"

"没有。"

"有叔叔吗？"

"没有，什么人也没有。"

看到这个穿戴整洁、头发整齐、身体健康的小男孩如此好奇，他觉得挺有趣的，不再关心那些蚂蚁。

"你是坏人吗？"

"不。"

"是好人啦？"

长胡子的流浪汉咧开嘴微微一笑，觉得应该把自己的面孔变得更体面一点。

"你带这个口袋干什么？"

"用来装讨来的东西……"

"棍子呢？"

"用来走路，防备那些咬人的狗……"

费尔南多小心地挪到流浪汉跟前，伸出手去摸他。先摸他的头，后摸他的胡子，最后又用手指头肚蹭了蹭他那粗糙的面颊，仿佛想证实一下他是个大活人。突然，费尔南多激动地转身便跑，跑进家门。这时，他婶婶正好出门来找他。

"孩子,你在干什么?你不去拿块面包给他,反倒拿他开心,招惹他。"

流浪汉不等那块面包破坏这个美好的时刻,就站起来走了。

晚上吃饭时,费尔南多问:

"马蒂尔德婶婶,为什么先是白天,后是黑夜呢?"

"因为……因为傍晚渐渐来临了,胡安下班回来了。"

"马蒂尔德婶婶,为什么有流浪汉?"

"因为他们不愿意工作。"

"他们为什么不愿意工作?"

"因为他们懒惰。"

"你也常说我懒惰。"

小男孩沉默了一会儿。他那两只活泼的小眼睛扫了一下汤盆,发了一阵儿愣,然后又问道:

"他们老走路吗?"

"是的。"

"不休息吗?"

"休息的时候随便找个地方就睡。"

"打雷的时候呢?"

"望望天空,画个十字。"

"下雨的时候呢?"

"衣服会被淋湿了。"

"衣服淋湿了呢?"

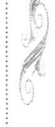

"像鸟儿似的晒晒太阳就干了。"

"噢。"

胡安·爱德华多叔叔在看报,这时他合上报纸好奇地望了望费尔南多,只见小男孩把小勺停在嘴边,用说梦话似的声音若有所思地说:

"等我长大有了胡子后,我也要去当流浪汉。"

胆小鬼

三毛 著

这件事情,说起来是十分平淡的。也问过好几个朋友,问他们有没有同样的经验,多半答说有的,而结果却都相当辉煌,大半没有挨打也没有被责备。

我要说的是——偷钱。

当然,不敢在家外面做这样的事情,大半是翻父母的皮包或口袋,拿了一张钞票。

朋友们在少年的时候,偷了钱大半请班上同学吃东西,快快花光,回去再受罚。只有一个朋友,偷了钱,由台南坐火车独自一人在台北流浪了两天,钱用光了,也就回家。据我的观察,最后那个远走高飞的小朋友是受罚最轻的一个,他的父母在发现人财两失的时候,着急的是人,人回来了,好好看待失而复得的儿子,结果就舍不得打了。

小孩子偷钱,大半父母都会反省自己,是不是平日不给零用钱才引得孩子们出手偷,当然这是比较明理的一派父母。

我的父母也明理,却忘了我也需要钱,即使做小

孩子，在家不愁衣食，走起路来仍期望有几个铜板在口袋里响的。

那一年，已经小学三年级了，并没有碰过钱，除了过年的时候那包压岁钱之外。而压岁钱也不是给花的，是给放在枕头底下压着睡觉过年的，过完了年，便乖乖地交回给父母，将数目记在一个本子上。大人说，要存起来，做孩子的教育费。并不是每一个孩子都期待受教育的，例如我大弟便不，他也不肯将压岁钱缴还给父母。他总是在过年的那三天里跟邻居的孩子去赌扑克牌，赌赢了下半年总有钱花，小小年纪，将自己的钱支配得稳稳当当，而且丰满。

在我们的童年里，小学生流行的是收集橡皮筋和《红楼梦》人物画片，还有玻璃纸——包彩色糖果用的那种。

这些东西，在学校外面沿途回家的杂货铺里都有得卖，也可以换。所谓换，就是拿一本用过的练习簿交给老板娘，可以换一颗彩色的糖。吃掉糖，将包糖的纸洗干净，夹在书里，等夹成一大叠了，又可以跟小朋友去换画片或者几根橡皮筋。也因为这个缘故，回家来写功课的时候总特别热心，恨不能将那本练习簿快快用光，好去换糖纸，万一写错了，老师罚着重写，那么心情也不会不好，反而十分欢喜。

在同学里，我的那根橡皮筋绳子拉得最长，下课用来跳橡皮筋时也最神气。而我的母亲总弄不懂为什么我的练习簿那么快就会用完,还怪老师功课出得太多,弄得小孩子回家来不停地写了又写。也就在那么一个星期天,走进母亲的睡房,看见五斗柜上躺着一张红票子——五块钱。

当年一个小学老师的薪水大约是一百二十块台币一个月,五块钱的价值大约现在的五百块那么多了,也等于许多许多条彩色的橡皮筋,许多许多《红楼梦》里小姐丫头们的画片,等于可以贴一个大玻璃窗的糖纸,等于不必再苦写练习簿,等于一个孩子全部的心怀意念和快乐。

对着那张静静躺着的红票子,我的呼吸开始急促起来,两手握得紧紧的,眼光离不开它。

当我再有知觉的时候,已经站在花园的桂花树下,摸摸口袋,那张票子随着出来了,在口袋里。

没敢回房间去,没敢去买东西,没敢跟任何人讲话,悄悄地蹲在院子里玩泥巴。母亲喊吃中饭,勉勉强强上了桌,才喝了一口汤呢,便听母亲喃喃自语:"奇怪,才搁的一张五块钱怎么不见了?"姐姐和弟弟乖乖地吃饭,没有搭理,我却说了:"是不是你忘了地方,根本没有拿出来?"母亲说不可能的,我接触到父亲的眼光,一口滚汤咽下去,烫得脸就红了。

星期天的孩子是要强迫睡午觉的,我从来不想睡,又没有理由出去,再说买了那些宝贝也不好突然拿回

来，当天晚上是要整理书包的——在父母面前。

还是被捉到床上去了，母亲不肯人穿长裤去睡，硬要来拉裤子，当她的手碰到我的长裤口袋时，我呼一下又涨红了脸，挣扎着翻了一个身，喊说头痛头痛，不肯她碰我。

那个样子的确像在发高烧，口袋里的五块钱就如汤里面滚烫的小排骨一样，时时刻刻烫着我的腿。

"我看妹妹有点发烧，不晓得要不要去看看医生。"

听见母亲有些担心地在低声跟父亲商量，又见父亲拿出了一支热度计在甩。我将眼睛再度闭上，假装睡着了。姿势是半斜的，紧紧压住右面口袋。

夏天的午后，睡醒了的小孩子就给放到大树下的小桌边去，叫我们数柚子和芭乐①，每个人的面前有一碗绿豆汤，冰冰的。姐姐照例捧一本《西游记》在看，我们想听故事，姐姐就念一小段。总是说，多念要收钱，一小段不要钱。她收一毛钱讲一回。我们没有钱，她当真不多讲，自己低头看得起劲。有一次大弟很大方，给了她两毛钱，那个孙悟空就变了很多次，还去了火焰山。平日大弟绝不给，我就没得听了。

那天姐姐说《西游记》已经没意思了，她还会讲言情的，我们问她什么是言情，她说是《红楼

---

① 芭乐：即番石榴。台湾芭乐为桃金娘科番石榴属果树，肉质非常柔软，肉汁丰富，味道甜美。

梦》——里面有恋爱。不过她仍然要收钱。我的手轻轻摸过那张钞票,已经快黄昏了,它仍然用不掉。晚上长裤势必脱了换睡衣,睡衣没有口袋,那张钞票怎么藏?万一母亲洗衣服,摸出钱来,又怎么了得?书包里不能放,父亲等我们入睡了又去检查的。鞋里不能藏,早晨穿鞋母亲会在一旁看。抽屉更不能藏,大弟会去翻。除了这些地方,一个小孩子是没有地方了,毕竟属于我们的角落是太少了。既然姐姐说故事收钱,不如给了她,省掉自己的重负。于是我问姐姐有没有钱找?姐姐问是多少钱要找?我说是一块钱,叫她找九毛来可以开讲恋爱了。她疑疑惑惑地问我:"你哪来一块钱?"我又脸红了,说不出话来。其实那是整张五块的,拿出来就露了破绽。当天晚上我仍然被拉着去看了医生。据母亲说给医生的病况是:一天都脸红,烦躁,不肯讲话,吃不下东西,魂不守舍,大约是感冒了。医生说看不出有什么病,也没有发烧,只说早些睡了,明天好上学去。

我被拉去洗澡,母亲要脱我的衣服,我不肯,开始小声地哭,脸通红的,哭了一会儿,发觉家里的工人玉珍蹲着在给洗腿,这才松了一口气。

那五块钱仍在口袋里。

穿了睡衣,钱跟过来了,握在拳头里,躲在浴室不出来。大弟几次拿拳头敲门,也不肯开。等到我们小孩都已上了床,母亲才去浴室,父亲在客厅坐着。

我赤着脚快步跑进母亲的睡房，将钱卷成一团，快速地丢到五斗柜跟墙壁的夹缝里去，这才逃回床上，长长地松了口气。那个晚上，想到许多的梦想因为自己的胆小而付诸东流，心里酸酸的。"不吃下这碗稀饭，不许去上学。"

我们三个孩子愁眉苦脸地对着早餐，母亲照例在监视，一个平淡的早晨又开始了。"你的钱找到了没有？"我问母亲。

"等你们上学了才去找——快吃呀！"母亲递上来一个煮蛋。我吃了饭，背好书包，忍不住走到母亲的睡房去打了一个转，出来的时候喊着："妈妈，你的钱原来掉在夹缝里去了。"母亲放下了碗，走进去，捡起了钱说："大概是风吹的吧！找到了就好。"那时，父亲的眼光轻轻地掠了我一眼，我脸红得又像发烧，匆匆地跑出门去，忘了说再见。

偷钱的故事就那么平平淡淡地过去了。

奇怪的是，那次之后，父母突然管起我们的零用钱来，每个小孩一个月一块钱，自己记账，用完了可以商量预支下个月的，预支满两个月，就得——忍耐。

也是那次之后的第二个星期天，父亲给了我一盒外国进口的糖果，他没有说慢慢吃之类的话。我快速地把糖果剥出来放在一边，将糖纸泡在脸盆里洗干净，然后一张一张将它们贴在玻璃窗上等着干。那个下午，就在数糖纸的快乐里，悠悠地度过。

等到我长大以后，跟母亲说起偷钱的事，她笑说她不记得了，又反问："怎么后来没有再偷了呢？"我说那个滋味并不好受。说着说着，发觉姐姐弟弟们在笑，原来都偷过钱，也都感觉不好过，这一段往事，就过去了。

卖白菜

莫言 著

  1967年冬天，我12岁那年，临近春节的一个早晨，母亲苦着脸，心事重重地在屋子里走来走去，时而揭开炕席的一角，掀动几下铺炕的麦草，时而拉开那张老桌子的抽屉，扒拉几下破布头烂线团。母亲叹息着，并不时把目光抬高，瞥一眼那三棵吊在墙上的白菜。最后，母亲的目光锁定在白菜上，端详着，终于下了决心似的，叫着我的乳名，说：

  "社斗，去找个篓子来吧……"

  "娘，"我悲伤地问，"您要把它们……"

  "今天是大集。"母亲沉重地说。

  "可是，您答应过的，这是我们留着过年的……"话没说完，我的眼泪就涌了出来。

  母亲的眼睛湿漉漉的，但她没有哭，她有些恼怒地说："这么大的汉子了，动不动就抹眼泪，像什么样子？"

  "我们种了一百零四棵白菜，卖了一百零一棵，只剩下这三棵了……说好了留着过年的，说好了留着过年包饺子的……"我哽咽着说。

母亲靠近我,掀起衣襟,擦去了我脸上的泪水。我把脸伏在母亲的胸前,委屈地抽噎着。我感到母亲用粗糙的大手抚摸着我的头,我嗅到了她衣襟上那股揉烂了的白菜叶子的气味。透过朦胧的泪眼,我看到母亲把那棵最大的白菜从墙上钉着的木橛子上摘了下来。母亲又把那棵第二大的摘下来。最后,那棵最小的、形状圆圆像个和尚头的也脱离了木橛子,挤进了篓子里。我熟悉这棵白菜,就像熟悉自己的一根手指。因为它生长在最靠近路边那一行的拐角的位置上,小时被牛犊或是被孩子踩了一脚,所以它一直长得不旺,当别的白菜长到脸盆大时,它才有碗口大。发现了它的小和可怜,我们在浇水施肥时就对它格外照顾。我曾经背着母亲将一大把化肥撒在它的周围,但第二天它就打了蔫。母亲知道了真相后,赶紧将它周围的土换了,才使它死里逃生。后来,它尽管还是小,但卷得十分饱满,收获时母亲拍打着它感慨地对我说:"你看看它,你看看它……"在那一瞬间,母亲的脸上洋溢着珍贵的欣喜表情,仿佛拍打着一个历经磨难终于长大成人的孩子。

集市在邻村,距离我们家有三里远。寒风凛冽,有太阳,很弱,仿佛随时都要熄灭的样子。不时有赶集的人从我们身边超过去。我的手很快就冻麻了,以至于当篓子跌落在地时我竟然不知道。篓子落地时发出

了清脆的响声，篓底有几根蜡条跌断了，那棵最小的白菜从篓子里跳出来，滚到路边结着白冰的水沟里。母亲在我头上打了一巴掌，我知道闯了大祸，站在篓边，哭着说："我不是故意的，我真的不是故意的……"母亲将那棵白菜放进篓子，原本是十分生气的样子，但也许是看到我哭得真诚，也许是看到了我黑黢黢的手背上那些已经溃烂的冻疮，母亲的脸色缓和了，没有打我也没有再骂我，只是用一种让我感到温暖的腔调说："不中用，把饭吃到哪里去了？"然后母亲就蹲下身，将背篓的木棍搭上肩头，我在后边帮扶着，让她站直了身体。

终于挨到了集上。母亲让我走，去上学，我也想走，但我看到一个老太太朝着我们的白菜走了过来。她用细而沙哑的嗓音问白菜的价钱。母亲回答了她。她摇摇头，看样子是嫌贵。但是她没有走，而是蹲下，揭开那张破羊皮，翻动着我们的三棵白菜。她把那棵最小的白菜上那半截欲断未断的根拽了下来。然后她又用弯曲的、枯柴一样的手指逐棵地戳着我们的白菜。她撇着嘴，说我们的白菜卷得不紧。母亲用忧伤的声音说："大婶子啊，这样的白菜您还嫌卷得不紧，那您就到市上去看看吧，看看哪里还能找到卷得更紧的吧。"

我对这个老太太充满了恶感，你拽断了我们的白菜根也就罢了，可你不该昧着良心说我们的白菜卷得

成长的秘密

不紧。我忍不住冒出了一句话:"再紧就成了石头蛋子了!"老太太抬起头,惊讶地看着我,问母亲:"这是谁?是你的儿子吗?""是老小。"母亲回答了老太太的问话,转回头批评我:"小小孩儿,说话没大没小的!"老太太将她胳膊上挎着的柳条箢箢放在地上,腾出手,撕扯着那棵最小的白菜上那层已经干枯的菜帮子。我十分恼火,便刺她:"别撕了,你撕了让我们怎么卖?"

"你这个小孩子,说话怎么就像吃了枪药一样呢?"老太太嘟哝着,但撕扯菜帮子的手却并不停止。

"大婶子,别撕了,放到这时候的白菜,老帮子脱了五六层,成了核了。"母亲劝说着她。

她终于还是将那层干菜帮子全部撕光,露出了鲜嫩的、洁白的菜帮。在清冽的寒风中,我们的白菜散发出甜丝丝的气味。这样的白菜,包成饺子,味道该有多么鲜美啊!老太太搬着白菜站起来,让母亲给她过秤。母亲用秤钩子挂住白菜根,将白菜提起来。老太太把她的脸几乎贴到秤杆上,仔细地打量着上面的秤星。我看着那棵被剥成了核的白菜,眼前出现了它在生长的各个阶段的模样,心中感到阵阵忧伤。

终于核准了重量,老太太说:"俺可是不会算账。"

母亲因为偏头痛,算了一会儿也没算清,对我说:"社斗,你算。"

我找了一根草棒,用我刚刚学过的乘法,在地上划算着。

我报出了一个数字，母亲重复了我报出的数字。

"没算错吧？"老太太用不信任的目光盯着我说。

"你自己算就是了。"我说。

"这孩子，说话真是暴躁。"老太太低声嘟哝着，从腰里摸出一个肮脏的手绢，层层地揭开，露出一沓纸票，然后将手指伸进嘴里，沾了唾沫，一张张地数着。

她终于将数好的钱交到母亲的手里。母亲也一张张地点……

等我放了学回家后，一进屋就看到母亲正坐在灶前发呆。那个蜡条篓子摆在她的身边，三棵白菜都在篓子里，那棵最小的因为被老太太剥去了干帮子，已经受了严重的冻伤。我的心猛地往下一沉，知道最坏的事情已经发生了。母亲抬起头，眼睛红红地看着我，过了许久，用一种让我终生难忘的声音说：

"孩子，你怎么能这样呢？你怎么能多算人家一毛钱呢？"

"娘，"我哭着说，"我……"

"你今天让娘丢了脸……"母亲说着，两行眼泪就挂在了腮上。

这是我看到坚强的母亲第一次流泪，至今想起，心中依然沉痛。

 **牵手阅读**

不哭的孩子长不大,成长,意味着脱胎换骨,意味着经历伤痛。

熟透的西瓜挑战着少年的欲望;一只烟斗搅动起男孩心中隐秘的心愿;那番有惊无果的偷钱经历,让童年三毛那个夏日的午后变得无比漫长难挨;深冬里的三棵白菜和母亲眼角的泪痕,给少年莫言的心头留下永久的伤痛……这就是成长岁月带给我们的一切,有泪水、有欢笑、有困惑、有释怀,而长大成人的契机,就在这一番跌跌撞撞、懵懵懂懂的追寻中悄然降临。

是的,就像《流浪汉查利》中爷爷所说的:你根本不知道一个流浪汉什么时候会变成一个海狸——这,就是成长的秘密。

生命的假设

年少的时候,我们常常会对生活有诸多憧憬,诸多假设。就像那个想拥有宝葫芦的小男孩,希望心想事成,希望事事如意。

及至年长,慢慢感觉到时光的匆促,就像朱自清先生在《匆匆》中所感叹的那样:燕子去了,有再来的时候;杨柳枯了,有再青的时候;桃花谢了,有再开的时候。但是,聪明的,你告诉我,我们的日子为什么一去不复返呢?

这样的追问,不禁会让我们感觉到生命的沉重甚至残酷。有人说,生命没有假设,生命没有倒车挡,可是,为什么,我们依然会情不自禁地为生命作出种种预言和假设呢?

两条路

[德国] 里克特 著

新年的夜晚。一位老人伫立在窗前。他悲戚地举目遥望苍天，繁星宛若玉色的百合漂浮在澄净的湖面上。老人又低头看看地面，几个比它自己更加无望的生命正走向它们的归宿——坟墓。老人在通往那块地方的路上，也已经消磨掉六十个寒暑了。在那旅途中，他除了有过失和懊悔之外，再也没有得到任何别的东西。他老态龙钟，头脑空虚，心绪忧郁，一把年纪折磨着老人。

年轻时代的情景浮现在老人面前，他回想起那庄严的时刻，父亲将他置于两条道路的入口——一条路通往阳光灿烂的升平世界，田野里丰收在望，柔和悦耳的歌声四方回荡；另一条路却将行人引入漆黑的无底深渊，从那里涌流出来的是毒液而不是泉水，蛇蟒满处蠕动，吐着舌箭。老人仰望昊天，苦恼地失声喊道："青春啊，回来！父亲哟，把我重新收回人生的入口吧，我会选择一条正路的！"可是，他父亲以及他自己的黄金时代却一去不复返了。他看见阴暗的沼泽地

上空闪烁着幽光,那光亮游移明灭,瞬息即逝了。那是他轻抛浪掷的年华。他看见天空中一颗流星陨落下来,消失在黑暗之中。那就是他自身的象征。徒然的懊丧像一支利箭射穿了老人的心脏。他记起了早年和自己一同踏入生活的伙伴们,他们走的是高尚、勤奋的道路,在这新年的夜晚,载誉而归,无比快乐。高耸的教堂钟楼鸣钟了,钟声使他回忆起儿时双亲对他这浪子的疼爱。他想起了发蒙时父母的教诲,想起了父母为他的幸福所作的祈祷。强烈的羞愧和悲伤使他不敢再多看一眼父亲居留的天堂。老人的眼睛黯然失神,泪珠儿潸然坠下,他绝望地失声呼唤:"回来,我的青春!回来呀!"

老人的青春真的回来了。原来,刚才那些只不过是他在新年夜晚打盹儿时做的一个梦。

尽管他确实犯过一些错误,眼下却还年轻。他虔诚地感谢上天,时光仍然是属于他自己的,他还没有堕入漆黑的深渊,尽可以自由地踏上那条正路,进入福地洞天,丰硕的庄稼在那里的阳光下起伏翻浪。依然在人生的大门口徘徊逡巡,踌躇着不知该走哪条路的人们,记住吧,等到岁月流逝,你们在黑的山路上步履踉跄时,再来痛苦地叫喊:"青春啊,回来!还我韶华!"那只能是徒劳的了。

假如给我三天光明

[美国] 海伦·凯勒 著

我常想，要是每个人都会在成年早期突然失明、失聪几天，也许是好事——漆黑会令人更珍惜视力，静寂则能让人明白听到声音是多么美妙。

我经常问视力正常的朋友看到些什么。最近，我问一位刚去过树林散步的朋友，在树林里看见什么？"没什么特别的。"她答。

"怎么可能呢？"我心想，"在树林里走了一个小时，怎么可能没见到值得注意的东西？"我虽然失明，但凭着触摸，也能发现数之不尽的有趣事物。我能感到树叶柔嫩而对称，又喜欢用手抚摸白桦光滑的树干，或松树粗糙的树皮。春天时我顺着树枝摸过去，希望找到个新芽，找到大自然从冬眠醒来的征兆。有时，如果运气好，我只需把手轻搭在一棵小树上，便能感受到高歌小鸟的喜悦。

我常渴望能见到这些事物。既然光凭触摸已得到那么大的乐趣，那么，能看见就必然可发现更多更精彩美丽的东西。因此，我常想象，假如我有三天时间视力正常，最盼望看见什么？我会把这三天分为三部分。第一天，我要看看每一个一直善待我、陪伴我的人，感谢他们让我的生命变得有意义。

我没法子用"心灵之窗"——眼睛去洞察朋友的内心世界；我自小就只能用指尖去"看"人家的脸，只能觉察欢喜、悲痛，以及其他明显的情绪变化。我须借触摸朋友的脸去认识他们。视力正常，便一下子能看到眼前的人微妙的表情变化、肌肉的轻颤、手的摆动，从而更容易了解对方，那是多么令人愉悦的事啊。

但是，你可曾用眼去看过朋友的内心世界？你看人时，是否总是随便看看，仅仅记得住一些外在的特征？譬如，你能准确描述五位好朋友的相貌吗？我做过试验，问一些男人可知道妻子的眼珠是什么颜色。那些男人大部分都面露尴尬或困惑的神情，承认不知道。

啊，要是我有视力，哪怕只不过三天，要看的东西多得很！第一天我会很忙碌。我要把所有好朋友都请来，细看他们的脸，铭记他们种种源自内心的漂亮的外在特征。我还会把眼光落在婴儿的脸上，捕捉那种充满渴望、天真无邪的美——人一旦成长，这种美就荡然无存了。我也会去找一些书读一读，这些书都是别人给我朗读的，让我从而明白了一些深邃的人生道理。我还要看看两头忠心爱犬的眼睛，一只是娇小的苏格兰犬，另一只是壮硕的大丹狗。下午我会到树林里去散步，让眼睛尽情享受大自然之美。我还会祈求上天赏赐一个五彩缤纷而壮观的日落让我看看。当晚，我想我一定舍不得入睡。

第二天我会黎明即起，望着黑夜渐渐转变为白天，

生命的假设

好好欣赏那动人心弦的奇景。我会满怀敬畏,静看太阳用灿烂光芒唤醒沉睡的大地。这天我要匆匆浏览地球的过去与现在,看看人类发展的历程。我会去历史博物馆,在那里我会看到浓缩了的地球史——各人种和动物留下的生活痕迹。我也会看到巨大的远古动物如恐龙、乳齿象等的化石。在人类凭智慧征服动物世界之前,这两种动物曾主宰地球。然后我会去参观艺术博物馆。我曾经摸过埃及古尼罗河流域的神雕像,对这些雕像颇为熟悉。我也摸过希腊巴特农神庙①中楣的复制品,感受过雅典武士冲锋陷阵的动感。我尤其喜爱荷马那满面皱纹并有大胡子的雕像,因为我知道他明白失明是怎么一回事。在这第二天,我会细看人类制作的艺术品,希望借此探索人类的心灵。我要亲眼看看我以前靠触摸而认识的各种事物。更妙的是,壮丽的绘画世界会在我面前敞开。可惜我只能看到表面。艺术家曾告诉我,想深入并真正了解艺术,首先必须培养出鉴赏力,必须从经验而学会如何欣赏线条、构图、造型和色彩。我要是视力正常,一定会投身此令人神往的研究工作,这该是多么令人开心的妙事啊!

  第二天傍晚我会在剧场或电影院里度过。我渴望看到由真人扮演而风度翩翩的哈姆雷特,也渴望看到身穿

---

  ① 巴特农神庙:即帕特农神庙,希腊雅典卫城的名胜古迹之一。

伊丽莎白女王时代花花绿绿服饰的胖武士福斯塔夫①。过去我无法欣赏到有节奏的动作之美。我只能从地板的震动去感觉音乐的节拍,大约领略韵律带来的喜悦,但是对于俄罗斯芭蕾舞蹈家巴甫洛娃的优美舞姿,就只能想象。我想象她的舞姿一定悦目无比,是世界上最令人陶醉的景象。我曾从大理石雕像约略体会这种美;既然静态的美已如此可爱,亲眼见到动态的美,就更叫人激动了。

  翌晨我会再次早起迎接黎明到来,急于发掘新的喜悦、新的美感。今天是第三天,我要在俗世里生活,置身于奔波营生的人群中。纽约市市区就是我要去的地方。首先,我会站在热闹的街角望着其他人,试图从他们的举止动作和面部表情,去了解他们的日常生活。看到笑容,我会开心;看到坚决的眼神,我会引以为荣;看到痛苦神色,我会同情。我会沿着第五大道漫步,游目骋怀,双眼不聚焦于任何物体,而只是见到一片流淌不息、千变万化的色彩。我相信,妇女衣服颜色形成的斑斓彩云一定蔚为奇观,让人百看不厌。不过,我要是视力正常,或许也会像大多数女人一样过于注重款式,忽略了整个色彩的绚丽。离开第五大道,我会去游览纽约市,包括贫民区、工厂,以及孩子爱去的公园。我前往移民聚居的地区,不用出国就领略到异国风情。我会一直睁大眼睛,将一切幸福和痛苦景象都看个仔细,希望可以助我深入了解别

---

  ① 福斯塔夫:莎士比亚历史剧《亨利四世》中的人物。

人的工作和生活。我视力正常的第三天就要结束了。在这最后一天的晚上，在这余下的几小时里，尽管也许还有很多严肃问题亟待我挤出一点时间去看看，我大概还是会跑进剧场去看一出热闹的滑稽剧，好帮助我了解人类喜剧的真谛。午夜来临，永恒的黑暗又再把我重重包围。在那短短三天里，我当然无法看尽我想看的事物，但一直等到黑暗再次降临，我才明白实在有太多东西来不及看。要是你知道自己三天之后就失明，你争取时间去看的事物，也许跟我在上面所简述的不一样，但我确信，万一你真的不幸遇上这种命运，你想要看的东西一定和以往的截然不同。你会觉得眼前的一切都很珍贵，眼睛会把视野内所有东西一一仔细观赏。然后，你终于真正看到一个美丽的新世界。我想给有视力的人一个忠告：仿佛你明天就要失明，好好运用眼睛吧。对其他感官也应该这样。你要好好聆听人类悦耳的说话声、鸟儿的啁啾、交响乐团气势盛大的音乐，仿佛你明天就要失聪。要仔细触摸每一件物体，仿佛你明天就要失去触觉。要细嗅花的芬芳、细尝每一口食物，仿佛你明天就再也没有嗅觉和味觉。让每一种感官都充分发挥功能吧，大自然赐予人类各种感觉能力，人类才能体验这个世界的欢乐与美，所以你应非常感激、喜悦。不过，我相信，在各种感觉中，最令人开心的一定就是视觉。

多活一小时

冯骥才 著

时间有时像尘土，需要打发掉；有时确实比金银财宝还要珍贵，但它又和流光一样，抓也抓不住。活者和死者之间的区别，就看有没有时间；没时间，生命就结束了。

年根底下的一天，有十个人由于年老、疾病、意外事故等等原因，失掉时间，死掉了。不管他们生前热爱还是厌烦生活，却都一样地渴望返回到世界上来，哪怕一忽儿也好，这种感觉是活着的人不曾体会到的。这当儿，他们碰到掌管人们寿命的天神。天神手里刚好还富余十个小时。他对这些恋生的死者起了恻隐之心，决定给他们每人一个小时，回到人间享用——这可是从来没有过的事情！十个死者欣喜若狂。但天神在使他们复生之前，很有兴趣了解一下他们将怎么利用这短暂又珍贵的一小时的时光。下面是十个死者依次的答话——

一："我想把我办过的一件缺德事告诉亲人们。我一直没有决心这样做，现在反而有决心了。原来这种事带在身上，死了也是一种累赘。"

二："我盼望在这复活的一小时内，科学家们能把使我致死的病由找到，并找到特效药，那么我就不止多活一个小时了。"

三："在这最宝贵的一小时里，我要妻子女儿守在我身旁。我活着时，天天忙工作，一直没能同她们一起安安静静地度过一小时。"

四："我回去就要把自己立的遗嘱撕了！我现在才真正想开，再不管那些事了。什么这个百分之十呀，那个百分之五十呀！我之所以死得这么快，就是写遗嘱给累的。"

五："我这次非要秘书把我孩子们的住房办下来不可，否则我一死就没指望了。"

六："只要得到她一个小时的爱，就足够了！"

七："我想利用这时间，写一篇真实的作品。我一辈子都是挤着一只眼写东西，这次要睁开一双眼睛了。只担心这一小时太短了，不够用。"

八："是啊！一个小时太少了。我活着时，是有希望出国的。只要能出国转一圈，开开眼，这一生也就算不白来了！"

九："我就想知道李四的胖老婆，生的是男孩儿还是女孩儿。虽然他样样超过我，但如果他这次生个女孩儿，李四家绝后，我这辈子的气儿也就顺了！"

十："我要不浪费每一秒钟，再拼一下，把我画了四年，仅仅剩下一个人物的左耳朵的那幅画儿画完，死而无憾！"

天神听罢，忽然变了主意。他不想分给每个人一小时了，打算把这十个小时重新分配。他把时间赐给人们时，一向单凭兴趣，没动过脑筋，不懂得时间是有内容和有价值的。但他从此能否改变这个亘古以来就有的习惯？未必！

孩子，这样去做一个人

张梅 著

孩子，我希望你自始至终都是一个理想主义者。你可以是农民，可以是工程师，可以是演员，可以是流浪汉，但你必须是个理想主义者。

当你年幼时，我们讲英雄故事给你听，并不是一定要你成为英雄，而是希望你具有纯正的品格；当你年少时，我们让你接触诗歌、绘画、音乐，是为了让你的心灵填满高尚的情趣。这些高尚的情趣会支撑你的一生，使你在最严酷的冬天也不会忘记玫瑰的芳香。

理想会使人出众。孩子，不要为自己的外形担忧。理想让你的气质纯洁，而最美貌的女人也会因为庸俗惹人生厌。通向理想的途径往往不尽如人意，而你亦会为此受尽磨难。但是，孩子，你要尽量去争取，理想主义者的结局虽然悲壮，但绝不可怜。在那种貌似坎坷的人生中，你会结识许多智者和君子，你会见到许多旁人无法遇到的风景和奇迹。选择平庸虽然稳妥，但绝无色彩。

不要为蝇头小利放弃自己的理想，不要为某种潮流而改换自己的信念。物质世界的外表太过复杂，你要懂得如何去拒绝虚荣的诱惑。理想不是实惠的东西，它往往不能带给你尘世的享受，因此你必须习惯无人欣赏你，学会精神享受，学会与他人不同。

其次，孩子，我希望你是个踏实的人。人生太过短促，而虚的东西又太多，你很容易眼花缭乱，最终一事无成。如果你是个美貌的女孩子，年轻的时候会有许多男性宠你，你得到的东西太过容易，这会使你流于浅薄和虚荣。如果你是个极聪明的男孩，你又会以为自己能够成就许多大事而流于轻佻。记住，每个人的能力有限，我们活在世上能做好一件事足矣——写好一本书或者做好一个主妇。不要轻视平凡的人，不要投机取巧，不要攻击自己做不到的事。你长大后会知道，做好一件事太难，但绝不要放弃。

你要懂得和珍惜感情。不管男人女人，不管墙内墙外，相交一场实在不容易。交友的过程会有误会和摩擦，但你想一想，偌大的世界，能有缘结伴而行的有几人？你要明白朋友终会离去，生活中能有人伴在你身边，听你倾谈，倾谈给你听，你就应该感激。要爱自己和爱他人，要懂自己和懂他人。你的心要如溪水般柔软，你的眼波要像春天般妩媚。你要会流泪，会孤身一人坐在黑暗中听伤感的音乐。你要懂得欣赏悲剧，因为悲剧能丰富你的心灵。

希望你不要媚俗。你是个独立的人，无人能抹杀你的独立性，除非你向世俗妥协。要学会欣赏真，要在重重面具下看到真。世上圆滑的人很多，出类拔萃

的人极少，而往往出类拔萃又隐藏在卑琐狂荡之下。在形式上我们无法与既定的世俗争斗，而在内心我们都是自己的国王。如果你的脸上出现谄媚的笑容，我将会羞愧地掩面而去。世俗的许多东西虽耀眼却无价值，不要把自己置于大众的天平上，不然你会因此无所适从，人云亦云。

在具体的做人上，我希望你不要打断别人的谈话，不要娇气十足。你每天至少要拿出两小时来读书，要回信、写信给你的朋友。不要老是想着别人应该为你做些什么，而要想着怎么去帮助他人。

借他人的东西要还，不要随便接受别人的恩惠。要记住，别人的东西，再好也是别人的；自己的东西，再差也是自己的。

还有一件事，虽然做起来很难，但相当重要，这就是要有勇气正视自己的缺点。你会一年年地长大，你渐渐会遇到比你强、比你优秀的人，你会发现自己身上有许多你所厌恶的缺点。这会使你沮丧和自卑。但你一定要正视缺点，不要躲避，要一点点地加以改正。战胜自己比征服他人还要艰巨和有意义。

不管世界潮流如何变化，人的优秀品质都是永恒的：正直、勇敢、独立。我希望你是一个优秀的人。

希望戒指

[法国] 弗里达·戴维森 著 乔长森等 译

很久很久以前，有一个贫穷的农夫，尽管他一年忙到头，可日子还是过得很艰难。一天，他在地里干完活坐在田埂上小憩时，恰逢一个老仙姑打那儿经过。她对农夫说道："看来你永无出头之日了，为什么还这样辛勤耕作呢？让我给你指点一条出路吧。你沿着这条路一直走下去，一直走到看见一棵高大的松树为止。这棵松树比森林里所有的树都要高。你把它砍倒，它会给你带来好运的。"

农夫带着斧子上了路。他走啊走啊，整整走了两天两夜，才看见了那棵高大的松树。于是，他拿出了斧子对准这棵大树砍了起来。当大树倒下时，从树顶上掉下来一个鸟窝，里面有两个鸟蛋。

两个鸟蛋在地上滚了几滚，便破裂开了，从一个鸟蛋里钻出了一只小鹰，而从另只鸟蛋里滚出了一枚金戒指。那只小鹰随风而长，越长越大，一会儿便长到农夫的一半高了。它试着拍了拍它的翅膀，一边朝天空飞去，一边说："你把我从魔法中拯救了出来，我要报答你。拿着这枚金戒指吧，这是一枚希望戒指！

当你想得到什么东西的时候,只要把它戴在手上转一圈,大声说出你的希望就可以了。但是你千万要记住,这枚希望戒指只能使用一次。当它完成了它的使命后,就会失去魔力,变成一枚普通的戒指。因此,你在使用它之前得仔细地考虑,免得以后后悔。"说完,这只雄鹰便飞走了。

农夫带着戒指,喜气洋洋地往家中走去。傍晚时,他来到一座小镇的大街上,看见一个珠宝商人正站在他的商店前。商店里放着许多珍贵的戒指与珠宝。农夫走上前去,把手上戴的那只戒指给他看,并说:"先生,你觉得我手上的这只戒指能值多少钱?""这值不了多少钱。"珠宝商答道。"哈哈,哈哈,"农夫笑着说,"原来你对戒指并不很在行。"他接着告诉珠宝商,那是一枚希望戒指,它的价值比他店里所有戒指加在一起都大。

这个珠宝商是个非常贪婪的家伙,听到农夫这样一说,就想把它占为己有。于是他殷勤地邀请农夫在他家留宿,并用丰盛的晚餐款待他。农夫被珠宝商灌得酩酊大醉,人事不省,一头栽倒在床上呼呼睡了。珠宝商随即蹑手蹑脚地走到农夫的身边,把他手上的那枚戒指偷了过来,并把一只看上去似乎相同的普通戒指戴到了农夫的手上。

第二天早上,农夫离开珠宝商店后,珠宝商急忙走进他那间最大的房间,锁上房门,关紧窗子并拉上了窗帘。然后,他站在房间的中央,一边转动着手指上的戒指一边叫道："我立刻就要一百万块金币！"

他的话音还未落地，那些又亮又硬的金币，就如雨点般地开始落下来，不断在砸在他的头上与肩上。珠宝商痛得尖叫起来，他又惊又怕，急忙夺路而逃。可是一阵又密又大的"雨点"，把他砸倒在地。又过了一会儿，地板被数十万块金币的重量压坏了，珠宝商也从破碎的地板洞中掉进了地窖里。可金币还是不断地往下落呀、落呀，一直落到一百万块金币全部落完为止。这时候，那个可怜的珠宝商已被暴雨般的金币砸死了。邻居们在钱堆底下发现了珠宝商的尸体，他们不无感慨地说："金钱一下子来得太多可不是什么好运气！"接着，他们便把这些金币带走了。

农夫回到家中给妻子看了那枚戒指，他说："现在我们不用再担心忍饥挨饿了。瞧，这是一枚希望戒指，我们希望什么，它便会给我们带来什么。但它只能使用一次，我们得仔细考虑考虑。"他的妻子问他，他们是否可以希望再得到一亩土地。"噢，不，"农夫回答说，"如果我们辛勤地耕作一年，并且运气不错的话，我相信我们可以再买一亩地。"夫妻俩的辛勤劳动换来了好收成。秋收后，他们又添了一亩地，并且还余下了一些钱。"现在，"农夫的妻子说，"也许我们可以让希望戒指给我们带来一匹牛或一匹马！"

"别胡说八道，怎么能让希望戒指的魔力浪费在这样一件小事上呢？"农民对妻子说，"过不多久，我们就可以用我们的积蓄来买它们。"到了年底，他们攒了

一笔钱，并用这笔钱买回了一匹马和一匹牛。"瞧，"农夫高兴地说，"我们把希望留到了明年，而我们仍然得到了我们需要的东西，我们将是最幸运的人了。"就这样，这希望年复一年地往后推。终于有一天，农夫的妻子不耐烦地说："究竟什么时候我们才能使用那希望戒指呢？以前你总是渴望得到东西，而现在当你得到了它们之后，你反而干得更欢了。如果我们借助于希望戒指，不是更好吗？"

"亲爱的，不！"农夫回答说，"我们还很年轻，我们的生活道路还很长。这枚希望戒指的魔力只有一次。假如我们使用了它，当我们以后真正需要时怎么办呢？谁知道我们以后会遇到什么事呢？另外，我们的日子过得够红火的了，我们的邻居都很羡慕我们，所以要理智一些，慎重地考虑考虑我们究竟希望要些什么东西。"

幸运之神真的一直伴随着农夫和他的妻子。他们辛勤劳动，加上风调雨顺，连续几年都获得了好收成。他们的仓库里堆满了粮食与干草。

几年后，农夫成了个富翁。可白天他还是和他的帮工一起在地里干活；晚上，他和妻子、孩子坐在屋子旁的大树底下愉快地和邻居拉家常。他过着舒适的生活，人们也对他相当友好。

他们就这样过了一年又一年。农夫的妻子时常提醒她丈夫，他们还没有使用过希望戒指。她建议丈夫向戒指提出这样那样的希望，可每次她丈夫都劝她别着急，因为最后的想法总是最好的，所以后来他们谈到这枚戒指的时间越来越少了。农夫几乎每天把戒指拿出来看一看，但他总是小心谨慎，不让自己脱口说出任何希望来。

三十年过去了，四十年过去了，农夫和他的妻子都老了，头发也都白了，他们在一起度过了一个愉快的晚年。后来，农夫和他的妻子在同一个晚上先后离开了人世。他们的儿孙把他们埋葬在一起，并且把许多鲜花供放在他俩的墓前。

农夫得到的虽然是一枚被调了包的假戒指，可这枚假的希望戒指仍然为他们带来了幸福和财富。从中我们可以得出这样一个结论：一件分文不值的东西在一个诚实人的手中结果会变得很有价值；而一件很有价值的东西到了一个不诚实的人手中也会变得一文不值，甚至还会带来难以想象的灾难。

 **牵手阅读**

海伦·凯勒说：假如给我三天光明……

里克特说：假如青春重返……

冯骥才说：假如多活一小时……

生命中的这些假设，常常会让我们悚然一惊，领悟到生命的匆促，时光的易逝。它同时也打破了生活的定势与常态，让我们转换思维，从另一个角度去理解生活，感悟生命。于是，我们会谨记要对自己的人生负责，更会把一份殷殷叮嘱传递下去：孩子，这样去做一个人！

怀揣着一份对生命的坚实信念，就能走好每一个春秋。

自然的心，沉静的眼

曾有一位作家这样写道：是的，自然的心，沉静的眼，除此之外，还有什么比这更可贵？

生活的步履匆匆，一日日奔波劳顿，我们甚至听不见蝉鸣鸟语，看不到明月清流，我们已经不知道该如何与自然对话，与万物沟通。

在阿尔卑斯山谷中有一条汽车路，两旁景物极美，路旁立着一块标语牌，上面写着："慢慢走，欣赏啊！"美学家朱光潜先生由此感叹道：许多人在这车如流水马如龙的世界过活，恰如在阿尔卑斯山谷中乘汽车兜风，匆匆忙忙地急驰而过，无暇回首流连风景，于是这丰富华丽的世界便成为一个了无生趣的囚牢。这是一件多么可惜的事啊！

那么，就让我们慢下来，珍视大自然的给予和馈赠，在静静的凝视与谛听中感受万物内在的律动。

文字里若有了自然的心、沉静的眼，便也有了大千世界，便有了万象人生。

我家的财富

[日本] 德富芦花 著　兰明 译

一

房子不过三十三平方，庭院也只有十平方。人说，这里既褊（biǎn）狭，又简陋。屋陋，尚得容膝；院小，亦能仰望碧空，信步遐思，可以想得很远、很远。

日月之神长照，一年四季，风、雨、霜、雪，轮番光顾，兴味不浅。蝶儿来这里欢舞，蝉儿来这里鸣叫，小鸟来这里玩耍，秋蛩来这里低吟。静观宇宙之大，其财富大多包容在这座十平方的院子里。

二

院里有一棵老李。到了春四月，树上开满青白的花朵。碰到有风的日子，李花从迷离的碧空飘舞下来，须臾之间，满院飞雪。

邻家多花树，飞花随风落到我的院里，红雨霏霏，白雪纷纷，眼见着满院披上花的衣衫。仔细一看，有

桃花，有樱花，有山茶花，有棠棣花，有李花。

三

院角上长着一株栀子。五月黄昏，春阴不晴，白花盛开，清香阵阵。主人沉默寡言，妻子也很少开口。这样的花生在我家，最为相宜。

老李背后有棵梧桐，绿干亭亭，绝无斜出，似乎告诫人们："要像我一般正直！"

梧叶和水盆旁边的八角金盘，叶片宽阔，有了它，我家的雨声也多起来。

李子熟了，每当沾满白粉的琥珀般的玉球咕噜滚到地面的时候，我就想，要是有个男孩，我拾起一个给他，那该多高兴啊！

我的梦开始的地方

迟子建 著

从中国的版图上看，我的出生地漠河居于最北，大约在北纬53度左右。那是一个小村子，依山傍水，风景优美，每年有多半的时间白雪飘飘。我记忆最深刻的，是那里漫长的寒冷，冬天似乎总也过不完。

我小的时候住在外婆家里，那是一座高大的木刻楞房子，房前屋后是广阔的菜园。短暂的夏季来临的时候，菜园就被种上了各色庄稼和花草，有的是让人吃的东西，如黄瓜、茄子、倭瓜、豆角、苞米等；有的则纯粹是供人观赏的，如矢车菊、爬山虎等等。当然，也有半是观赏半是入口的植物，如向日葵。一到昼长夜短的夏天，这形形色色的植物就几近疯狂地生长着，它们似乎知道属于它们的日子是微乎其微的。我经常看见的一种情形就是，当某一种植物还在旺盛的生命期的时候，秋霜却不期而至，所有的植物在一夜之间就憔悴了。这种大自然的风云变幻所带来的植物的被迫凋零令人痛心和震撼。

我对人生最初的认识，完全是从自然界的一些变化而感悟来的。比如我从凋零的植物身上看到了生命的脆弱，同时我也从另一个侧面看到了生命的从容，因为许多衰亡的植物，转年又会焕发出勃勃生机，看上去比前一年似乎更加有朝气。

童年围绕着我的，除了那些可爱的植物，还有亲人和动物。请原谅我把他们并列放在一起来谈。因为在我看来，他们都是我的朋友。我的亲人，也许是由于身处民风淳朴的边塞，他们是那么善良、隐忍、宽厚，爱意总是那么不经意地写在他们的脸上，让人觉得生活里到处是融融暖意。我从他们身上，领略最多的就是那种随遇而安的平和与超然，这几乎决定了我成年以后的人生观。

在我的作品中，出现最多的除了故乡的亲人，就是那些从我的脑海中挥之不去的动物，这些事物在我的故事中是经久不衰的。比如《逝川》中会流泪的鱼，《雾月牛栏》中因为初次见到阳光、怕自己的蹄子把阳光给踩碎了而缩着身子走路的牛，《北极村童话》里的那条名叫"傻子"的狗，《鸭如花》中的那些如花似玉的鸭子等等。

此外，我还对童年时所领略到的那种种奇异的风景情有独钟，譬如铺天盖地的大雪、轰轰烈烈的晚霞、波光荡漾的河水、开满了花朵的土豆地、被麻雀包围的旧窑厂、秋日雨后出现的像繁星一样多的蘑菇、在雪地上飞驰的雪橇、千年不遇的日全食等等，我对它们是怀有热爱之情的，它们进入我的小说，会使我在写作时洋溢着一股充沛的激情。我甚至觉得，这些风景比人物更有感情和光彩，它们出现在我的笔端，仿佛不是一个个汉字在次第呈现，而是一群在大森林中歌唱的夜莺。

在这样一片充满了灵性的土地上，神话和传说几乎到处都是……

也许是因为神话的滋养，我记忆中的房屋、牛栏、猪舍、菜园、坟茔、山川河流、日月星辰等等，它们无一不沾染了神话的色彩和气韵，我笔下的人物也无法逃脱它们的笼罩。我所理解的活生生的人，不是庸常所指的按现实规律生活的人，而是被神灵之光包围的人，那是一群有个性和光彩的人。他们也许会有种种的缺陷，但他们忠实于自己的内心生活，从人性的意义来讲，只有他们才值得永恒的抒写。

还有梦境。也许是我童年生活的环境与大自然紧紧相拥的缘故吧，我特别喜欢做一些色彩斑斓的梦。我所到过的一处河湾，在现实中它是浅蓝色的，可在梦里它却焕发出彩虹一样的妖娆颜色。我在梦里还见过会发光的树，能够飞翔的鱼，狂奔的猎狗和浓云密布的天空。有时也梦见人，这人多半是已经作了古的，我们称之为"鬼"的，他们与我娓娓讲述着生活的故事，一如他们活着。我常想，一个人的一生是在睡眠中度过的，假如你活了八十岁，有四十年是在做梦的，究竟哪一种生活和画面更是真实的人生呢？梦境里的流水和夕阳总是带有某种伤感的意味，梦里的动物有的凶猛有的则温情脉脉。有时我想，梦境也是一种现

实，而且，梦境的语言具有永恒性，只要你有呼吸、有思维，它就无休止地出现，给人带来无穷无尽的联想。它们就像盛宴上酒杯碰撞后所发出的清脆温暖的响声，令人回味。

　　当我童年在故乡北极村生活的时候，因为不知道"山外有山、天外有天"，我认定世界就北极村这么大。当我成年以后到过了许多地方，见到了更多的人和更绚丽的风景之后，我回过头来一想，世界其实还是那么大，它只是一个小的北极村。

消逝的钟声

史铁生 著

站在台阶上张望那条小街的时候,我大约两岁多。

我记事早。我记事早的一个标记,是斯大林的死。有一天父亲把一个黑色镜框挂在墙上,奶奶抱着我走近看,说:斯大林死了。镜框中是一个陌生的老头儿,突出的特点是胡子都集中在上唇。在奶奶的涿州口音中,"斯"读三声。我心想,既如此还有什么好说,这个"大林"当然是死的呀!我不断重复奶奶的话,把"斯"读成三声,觉得有趣,觉得别人竟然都没有发现这一点可真是奇怪。多年以后我才知道,那是1953年,那年我两岁。

终于有一天奶奶领我走下台阶,走向小街的东端。我一直猜想那儿就是地的尽头,世界将在那儿陷落、消失——因为太阳从那儿爬上来的时候,它的背后好像什么也没有。谁料,那儿更像是一个喧闹的世界的开端。那儿交叉着另一条小街,那街上有酒馆,有杂货铺,有油坊、粮店和小吃摊;因为有小吃摊,那儿成为我多年之中最向往的去处。那儿还有从城外走来的骆驼队。"什么呀,奶奶?""啊,骆驼。""干吗呢,

它们?""驮煤。""驮到哪儿去呀?""驮进城里。"驼铃一路丁零当啷丁零当啷地响,骆驼的大脚蹚(tāng)起尘土,昂首挺胸目空一切,七八头骆驼不紧不慢招摇过市,行人和车马都给它们让路。我望着骆驼来的方向问:"那儿是哪儿?"奶奶说:"再往北就出城啦。""出城了是哪儿呀?""是城外。""城外什么样儿?""行了,别问啦!"我很想去看看城外,可奶奶领我朝另一个方向走。我说"不,我想去城外",我说"奶奶我想去城外看看",我不走了,蹲在地上不起来。奶奶拉起我往前走,我就哭。"带你去个更好玩儿的地方不好吗?那儿有好些小朋友……"我不听,一路哭。

越走越有些荒疏了,房屋零乱,住户也渐渐稀少。沿一道灰色的砖墙走了好一会儿,进了一个大门。啊,大门里豁然开朗完全是另一番景象:大片大片寂静的树林,碎石小路蜿蜒其间。满地的败叶在风中滚动,踩上去吱吱作响。麻雀和灰喜鹊在林中草地上蹦蹦跳跳,坦然觅食。我止住哭声。我平生第一次看见了教堂,细密如烟的树枝后面,夕阳正染红了它的尖顶。

我跟着奶奶进了一座拱门,穿过长廊,走进一间宽大的房子。那儿有很多孩子,他们坐在高大的桌子后面只能露出脸。他们在唱歌。一个穿长袍的大胡子老头儿弹响风琴,琴声飘荡,满屋子里的阳光好像也随之飞扬起来。奶奶拉着我退出去,退到门口。唱歌的孩子里面有我的堂兄,他看见了我们但不走过来,唯努力地唱歌。那样的琴声和歌声我从未听过,宁静又欢欣，一排排古旧的桌椅、沉暗的墙壁、高阔的屋顶也似都活泼起来，与窗外的晴空和树林连成一气。那一刻的感受我终生难忘，仿佛有一股温柔又强劲的风吹透了我的身体，一下子钻进我的心中。后来奶奶常对别人说："琴声一响，这孩子就傻了似的不哭也不闹了。"我多么羡慕我的堂兄，羡慕所有那些孩子，羡慕那一刻的光线与声音，有形与无形。我呆呆地站着，徒然地睁大眼睛，其实不能听也不能看了，有个懵（měng）懂的东西第一次被惊动了——那也许就是灵魂吧。后来的事都记不大清了，好像那个大胡子的老头儿走过来摸了摸我的头，然后光线就暗下去，屋子里的孩子都没有了，再后来我和奶奶又走在那片树林里了，还有我的堂兄。堂兄把一个纸袋撕开，掏出一个彩蛋和几颗糖果，说是幼儿园给的圣诞礼物。

这时候，晚祈的钟声敲响了——唔，就是这声音，就是它！这就是我曾听到过的那种缥缥缈缈响在天空里的声音啊！

"它在哪儿呀，奶奶？"

"什么？你说什么？"

"这声音啊，奶奶，这声音我听见过。"

"钟声吗？啊，就在那钟楼的尖顶下面。"

这时我才知道，我一来到世上就听到的那种声音就是这教堂的钟声，就是从那尖顶下发出的。暮色浓重了，钟楼的尖顶上已经没有了阳光。风过树林，带走了麻雀和灰喜鹊的欢叫。钟声沉稳、悠扬、飘飘荡

荡，连接起晚霞与初月，扩展到天的深处或地的尽头……

不知奶奶那天为什么要带我到那儿去，以及后来为什么再也没去过。

不知何时，天空中的钟声已经停止，并且在这块土地上长久地消逝了。

多年以后我才知道，那教堂和幼儿园在我们去过之后不久便都拆除。我想，奶奶当年带我到那儿去，必是想在那幼儿园也给我报个名，但未如愿。

再次听见那样的钟声是在四十年以后了。那年，我和妻子坐了八九个小时飞机，到了地球另一面，到了一座美丽的城市，一走进那座城市我就听见了它。在清洁的空气里，在透明的阳光中和涌动的海浪上面，在安静的小街，在那座城市的所有地方，随时都听见它在自由地飘荡。我和妻子在那钟声中慢慢地走，认真地听它，我好像一下子回到了童年，整个世界都好像回到了童年。对于故乡，我忽然有了新的理解：人的故乡，并不止于一块特定的土地，而是一种辽阔无比的心情，不受空间和时间的限制；这心情一经唤起，就是你已经回到了故乡。

归 牧

缪崇群 著

　　一个八九岁大的女孩子，拉着一个小火车头——这是我给水牛起的名字，因为它的身体比一般黄牛要庞大，在田间并不显得，等它走上了小路，对面遇见，就觉得它格外大，格外重，格外笨，真的像一个小火车头了。

　　水牛的鼻子里还发出气咻咻（xiū）的声响，同火车头停下来的那个情景，可算毫无二致。

　　那么小的小姑娘，那么美好的，脸圆圆的小姑娘，她的个子，她的模样，她的服装，和这个水牛比照起来，一个在前头，一个在后面，谁说不像拉着一个小火车头呢？

　　那头水牛，走走歇歇，好像意犹未尽；孩子背转过来退着步子走，仿佛听它的便，很有耐性似的。虽然我晓得这个孩子念家的心切，牛却不慌不忙地，并不随随便便就让这个小主人牵了回去。

　　我看见这个小女孩的腕上，有一只还套着一个人造象牙的小手镯。

她们先走在我的前面，不久就落在我的后边了。

我再回头，她们已经落在苍茫的暮色里。

她们不比那热带地方的朝廷，坐在象背的锦鞍上，华丽伞盖底下的王孙公主们更高贵些，更令人羡慕吗？

蝉　鸣

龙应台　著

盛夏,整个北京城响着蝉鸣。穿短裤球鞋的妈妈骑着自行车穿梭于大街小巷,到市场买菜、听北京人卷着舌头说话、和小贩吵架,看起来她在做这个那个事情,其实她心里的耳朵一直专注地做一件事:听蝉鸣。那样骄纵聒噪的蝉鸣,整个城像个上了发条的闹钟,响了就停不住。仅只为了这放肆的蝉鸣,妈妈就可以喜欢这个城市。

妈妈一个人逛市场。买了个烙饼,边走边啃,发觉北京的茄子竟然是圆的,葱粗大得像蒜,番茄长得倒像苹果,黑糊糊的东西叫炒肝,天哪,竟然是早点;调羹不叫调羹,叫"勺",理发师傅拿着剃刀坐在土路边的板凳上等着客人——她突然停住脚步。

有一个细细的、幽幽然的声音,穿过嘈杂的市声向她萦绕而来。

不是蝉。是什么呢?她东张西望着。

一个打着瞌睡的锁匠前,悬着一串串拳头大小的细竹笼,声音从那里放出来。妈妈凑近瞧瞧,嘿,是蟋蟀——

蝈蝈!

打瞌睡的人睁开眼睛说:蝈蝈,一块钱一个,喂它西瓜皮,能活两个月。

妈妈踏上自行车回家,腰间皮带上系着两个小竹笼,晃来晃去的。

刚从动物园回来的孩子正在说熊猫。"妈妈,"安安说,"有一只熊猫这样——"

他把两只手托着自己下巴,做出娇懒的样子。

"这是什么东西?"飞飞大叫起来。

"安安,"妈妈解下竹笼,搁在桌上,"你说这是什么?"

两兄弟把脸趴在桌面上,好奇地往笼里端详。

"嗯——"安安皱着眉,"这不是螳螂!因为螳螂有很大的前脚,这不是蚱蜢,因为它比蚱蜢身体大,这也不是蝉,因为蝉有透明的翅膀……是蟋蟀吗,妈妈?"

"对。"妈妈微笑着,"北京人叫蝈蝈。"

"叫哥哥?"飞飞歪着头问。

黄昏出去散步,兄弟俩胸前脖子上都圈着条红丝线,丝线系着个小竹笼,竹笼跟着小兄弟的身体晃来晃去。

入夜,小兄弟闭上眼睛,浓密而长的睫毛覆盖下来,使他们的脸庞甜蜜得像天使。蝈蝈开始叫,在安静的夜里,那叫声荡着一种电磁韵律。小兄弟沉沉地睡着,隔着的妈妈却听了一夜的叫哥哥。

早餐后,兄弟俩又晃着竹笼出门。经过一片草坪,三两个小孩和大人用网子正捕捉什么。小兄弟停下脚步观看。

"外国小孩好漂亮!"手里拿着网子的一个妈妈踱近来,"您是他们的阿姨吗?"

在北京,"阿姨"就是保姆或者用人的意思。妈妈笑着回答:"是啊,我是他们的保姆,也是用人,还是他们的清洁妇、厨娘。"

"来,送给你一只。"一个大一点的孩子对安安伸出手,手指间捏着一只硕大的蜻蜓。

安安却不去接。这么肥大的蜻蜓他可没见过,他犹豫着。

"我要我要——"飞飞叫着。

"不行,"妈妈说,"你会把它弄死。"她小心地接过蜻蜓,像小时候那样熟稔地夹住翅膀。

走了一段之后,妈妈说:"你们看够了吗?我们把蜻蜓放了好不好?"

好!

放了的蜻蜓跌在地上,大概翅膀麻痹了。挣扎了一会,它才飞走。孩子的眼睛跟随着它的高度转。

"妈妈,"安安解下胸前的小竹笼,"我要把我的蝈蝈也放了。"他蹲在路边,撕开竹笼,把蝈蝈倒出来。蝈蝈噗一声摔进草丛,一动也不动。安安四肢着地,有点焦急地说:

"走啊!走啊蝈蝈!回家呀!不要再给人抓到了!"

蝈蝈不知是听懂了,还是受到那熟悉的草味的刺激,它真抬起腿来开始迈动,有点艰难,但不一会儿就没入了草丛深处。

安安如释重负地直起身来,转头对飞飞说:"底笛(弟弟),把你的也放了吧?它好可怜!"

"不要不要不要——"飞飞赶紧两手环抱竹笼,拼命似的大喊。

没有一棵小草自惭形秽

毕淑敏 著

被人邀请去看一棵树，一棵古老的树。大约有五千年的历史，已被唐朝的地震弯折了腰，半匍匐着，依然不倒，享受着人们尊敬的注视。

我混在人群只能直着脖子虔诚地仰望着古树顶端稀疏的绿叶，一边想，人和树相比是多么的渺小啊。人生出来，肯定是比一粒树种要大很多倍，但人没法长得如树般伟岸。在树小的时候，人是很容易就把树枝、树干折断，甚至把树连根拔起，树就结束了生命。就算是小树长成了大树，归宿也是被人伐了去，做成各种各样实用的物件。长得好好的树，花纹美丽木质出众，也像美女一样，红颜薄命，被人劫掠的可能性更大，于是很多珍贵的树种濒临灭绝。在这一点上，树是不如人的。美女可以人造，树却是不可以人造的。

树比人活得长久，只要假以天年，人是绝对活不过一棵树的。树并不以此傲人，爷爷种下的树，照样以硕硕果实报答那人的孙子或是其他人的后代。

通常情况下，树是绝对不伤人的。即使如前几天报上所载，一些村民在树下避雨，遭了雷击致死，那

元凶也不是树，而是闪电，树也是受害者。人却是绝对伤树的，地球上森林数量的锐减就是明证，人成了树的天敌。

树比人坚忍。在人不能居住的地方，树却裸身生长着，不需要炉火或是空调的保护。树会帮助人的，在饥馑的时候，人可以扒树的皮来充饥。

很多书籍记载过这棵古树，若是在树群里评选名人的话，这棵古树是一定名列前茅了。很多诗人词人咏颂过这棵古树，如果树把那些词句当作叶子一般披挂起来，一定不堪重负。唐朝的地震不曾把它压倒，这些赞美会让它扑在地上。

树的寿命是如此长久，在我们死后很多年，这棵古树还会枝叶繁茂地生长着。一想到这一点，无边的嫉妒就转成深深的自卑。作为一个人活不了那么久远，伤感让我低下头来，于是我就看到了一棵小草，一棵长在古树身旁的小草。只有细长的两三片叶子，纤细得如同婴儿的睫毛。树叶缝隙的阳光打在草叶的几丝脉络上，再落到地上，阳光变得如绿纱一样漂浮了。

这样一株柔弱的小草，在这样一棵神圣的树底下，一定该俯首称臣毕恭毕敬了吧？我竭力想从小草身上找出低眉顺眼的谦卑，最后以失望告终。这棵不知名的小草，毫无疑问是非常渺小的。就寿命计算，假设一岁一枯荣，老树很可能见过小草五千辈以前的祖先。就体量计算，老树抵得过千百万小草集合而成的大军。就价值来说，人们千里万里路地赶了来，只为瞻仰老树，我敢肯定没有一个人是为了探望小草。

既然我作为一个人，都在古树面前自惭形秽了，小草你怎能不顶礼膜拜？我这样想着，就蹲下来看着小草。在这样一棵历史久远声名卓著的古树旁边为邻，你岂不要羞愧死了？

小草昂然立着，我向它吐了一口气，它就被吹得蜷曲了身子，但我气息一尽，它就像弹簧般伸展了叶脉，快乐地抖动着；我向它吐了一口气，它还是在弯曲之后怡然挺立。我悲哀地发现，不停地吹下去，我有气绝倒地的一刻，小草却安然。

草是卑微的，但卑微并非指向羞惭。在庄严大树的身旁，一棵微不足道的小草都可以毫不自惭形秽地生活着，何况我们万物灵长的人类！

 **牵手阅读**

善于画竹的郑板桥曾说：一枝一叶总关情。家乡的草木，自然的风物，都是心魂梦境里亲切的召唤。

那是梦开始的地方。

所以，盛夏时节北京城里的蝉鸣，会牵动着台湾作家龙应台的耳廓心神；而当消逝在童年岁月里的钟声再次响起时，远在天涯的史铁生也蓦然间对故乡有了新的理解。

所以，那个不过十来平方的小庭院，会成为日本

作家德富芦花最大的"财富"。因为屋陋，尚得容膝；院小，亦能仰望碧空，而信步遐思，可以想得很远很远——正所谓斯是陋室，惟吾德馨。

用内心的眼睛去观照，去打量，生命，便也呈现出了更纯粹的质地和更丰富的内涵。就像迟子建从凋零的植物身上看到了生命的脆弱，同时也从另一个侧面看到了生命的从容；苍茫暮色中一个晚归的牧牛女孩，古树身旁一棵昂然立着的小草，也让一颗颗善感的心体会到了什么才是真正高贵的生命。

意料之外，情理之中

俗话说，无巧不成书。生活中的那些偶然和巧合，常常能触发我们的写作灵感。

相传施耐庵写《水浒传》的时候，正发愁怎样把武松打虎这个片段写得形象生动，忽然屋外传来一片嘈杂的喊叫声，原来邻居阿巧喝完酒后撒酒疯，正在追打一条大黄狗。这一番情形触动了施耐庵的才思，结合对老虎的认识，施耐庵就写成了武松打虎这个经典片段。后来他逢人就说："真是无巧不成书啊！"

看来，那些意料之外的"妙手偶得"，其实仔细想来，都有现实机缘的促动与催化。

两位国王和两座迷宫

[阿根廷] 博尔赫斯 著 陈凯先 译

那些值得信赖的人讲述说（但真主知道得更多），很早以前在巴比伦群岛上有一位国王，他将他的建筑师和魔法师召集起来，令他们建造一座非常复杂精美的迷宫，让世上最精明的男人都不敢进去，即使进去也会迷失方向。完成这样一个工程是令人不能容忍的事情，因为混沌和奇妙的事情只能出自上帝之手，这非凡人所为。过了一些时候，一位阿拉伯国王来到王宫，巴比伦国王（为了嘲弄他那头脑简单的来宾）让他进入了迷宫。他在里面茫然不知所措地东奔西窜，直至日近黄昏。这时，他只好祈求神灵的救护，才找到了出口。他没有做出任何不满的表示，只是对巴比伦国王说他在阿拉伯半岛也有一座迷宫，还说倘若上帝同意的话，他可以带他去见识一下那座迷宫。说完他便回阿拉伯半岛去了。他召集了他的将领和要塞司令，顺利地摧毁了巴比伦王国，推倒了他们的城堡，击溃了他们的军队，并俘获了国王。他将国王绑在一只快速行走的骆驼上，让它来到沙漠地带。他们骑了三天以后，他对国王说："啊，时间的国王，你是世纪

的物质和数字的象征。在巴比伦你让我在那么多台阶、那么多大门和围墙的铜制的迷宫里迷失了方向。现在至高无上的主让我向你展示我的迷宫,这里没有梯子可以攀登,没有门可以进出,没有使人疲倦的走廊需要穿越,也没有墙会阻止你通行。"

然后,他给他松了绑,将他遗弃在沙漠中。巴比伦国王因饥渴死在了那儿。光荣属于不朽的上帝。

达摩克利斯之剑

[美国] 威廉·贝内特 著 何吉贤等 译

从前,有一个名叫狄奥尼修斯的国王,他极其不公平,而且残暴,因此为自己赢得了"暴君"的恶名。他知道人人都憎恨自己,所以总是生活在担惊受怕之中,唯恐被人取走了性命。

但是,他非常有钱,生活在一座富丽堂皇的宫殿里,里面有许多漂亮昂贵的物品。他还有一群随时待命的奴仆。有一天,暴君的一个朋友名叫达摩克利斯,对他说:

"你一定很快乐了!你拥有任何一个人都想拥有的财富!"

"也许你想和我换换位置。"暴君说。

"不,不是这个意思,国王!"达摩克利斯说,"但是我想,如果我能拥有一天你的财富和快乐,我就不会再企望更大的幸福了!"

"很好,"暴君说,"你来享受这种生活吧。"

于是,第二天,达摩克利斯被召进宫里,所有的奴仆都把他当成主人一样侍奉。他坐在宴会大厅的一张桌子前,美味佳肴都摆在他面前。任何可能带给他快乐的东西都摆在这里。有昂贵的葡萄酒、漂亮的花朵，还有悦耳的音乐。他躺在一张柔软的垫子上，感到自己是世界上最幸福的人。

可是，他偶尔睁了一下眼睛，望着头顶上的天花板。他的头上摇摆的东西是什么？那东西的尖几乎碰到了他的头。那是一把锋利的剑！用马鬃毛悬挂着！如果马鬃毛断了怎么办？随时都有危险！

微笑从达摩克利斯的唇边消失了，他的脸色一下子变得惨白，手也开始颤抖。他再也没有心情吃美食，不想饮酒，也不想听音乐。他想逃出宫殿，永远离开这里，无论去哪里都行。

"怎么了？"暴君问他。

"剑！剑！"达摩克利斯叫喊着，被吓破了胆，动都不敢动。

"我知道，"暴君说，"我早就知道你的头上有一把剑，随时都会掉下来。但是你为什么会如此害怕呢？这把剑一直悬在我的头上。我时刻生活在恐惧之中，唯恐什么事情会夺去我的生命。"

"放我走吧，"达摩克利斯说，"现在我知错了，富贵、有权势的人并不会像他表面上那样幸福快乐！放我回到深山中的小屋吧！"

后来，在他的有生之年，他再也不想大富大贵，也再不想和国王换位置了，即使换一分钟，他也不情愿。

幸福人的衬衣

[意大利] 卡尔维诺 著　王干卿等 译

国王有个独生儿子，国王把他看作掌上明珠。可是王子总是不快乐，天天在窗前呆看天空，消磨时光。

"你到底缺什么呢？我的孩子，"国王关心地问道，"哪儿不称心呢？"

"父亲，我自己也搞不清楚。"

于是，国王想尽办法要使儿子快乐起来。可是，让他看戏，举办盛大舞会或音乐会，所有这一切都无济于事，王子的脸庞失去了往日的红润，渐渐消瘦了。国王发布了招贤榜。世界上一些最有学问的哲学家、博士、教授纷纷从各地赶到。国王让他们看了王子，并征询他们的看法。众多聪明的学者认真思考了好一阵后，对国王说："陛下，我们仔细考虑了王子的情况，还研究了星相，认为您必须做这样一件事：找一个幸福的人，一个完全幸福的人，把王子的衬衣跟他的衬衣调换一下。"当天，国王就派出大使到世界各地寻找幸福的人。

一个神父被召来见国王。"你幸福吗？"国王问。"是的，我确实很幸福，陛下。""很好。你做我的主教

怎么样?"

"啊,陛下,我正求之不得哩!"

"滚!给我滚得远远的!"国王咆哮起来,"我要找的是一个真正幸福的人。一个总想得寸进尺的小人是不会幸福的。"于是,大使又重新开始搜寻。

不久,国王听说有位邻国国王,人们都说他是个真正幸福的人。他有个贤惠、美丽的妻子,而且子孙满堂。他制服了所有的敌人,国家康泰安宁。国王又看到了希望,马上派使臣去见邻国的国王,想向他要一件衬衣。

邻国的国王接见了使臣,说:"不错,凡是人们想要的东西我的确都有了。不过,我仍然满腹忧愁,因为总有那么一天,我不得不扔下这一切离开人世。为这事，我夜里睡觉也不安稳呢。"聪明的使臣们想，还是不带回这位国王的衬衣为妙。

很多天过去了，国王还是没能找到一个完全幸福的人。

国王没办法，便到树林里打猎散心。他开枪打中了一只野兔，但只是伤了它的一条腿，野兔拖着瘸腿奔跑着。国王奋力追赶野兔，把随从远远抛在后面。这时，树林外传来了一阵动听的山歌声，国王听着听着，便收住了脚步，心想："这样唱歌的人必定是个幸福的人！"

国王循着歌声来到了一座葡萄园。在那儿，一个快乐的小伙子正唱着歌修剪葡萄藤。

"您好，陛下。"小伙子跟国王打招呼，"这么早您就到乡下来啦？"

"小伙子，你愿意跟我去京都吗？你将成为我的朋友。"

"多谢您了，陛下！这种事儿我根本不想，即使罗马教皇跟我换个位子我也不干。"

"为什么呢？像你这样能干的小伙子……"

"不，不，跟您说吧，我对我现有的一切感到心满意足了，其他的我毫无所求。"

"我终于找到一个幸福的人了！"国王想，"听着，小伙子，帮帮我吧。"

"只要能做到的，陛下，我一定尽力效劳。"

"等等！"国王说道，他再也抑制不住内心的喜悦，

急忙跑回去对他的随从们说,"跟我来,我的儿子有救了!我的儿子有救了!"接着,他带着他们来到小伙子身边。

"我的好小伙子,"他说,"不管你想要什么我都会给你的,但是,你得给我……给我……"

"给您什么,陛下?"

"我的儿子快要去世了!只有你能救他。快过来!"国王一把抓住小伙子,去解他上衣的扣子。突然,国王愣住了,垂下了双手。

这个幸福的人根本没穿衬衣。

奇怪的机器人

[日本] 星新一 著

"这是我制作的最优秀的机器人。它什么都能干。对人来说,恐怕没有再比它更理想的了!"博士得意洋洋地解释说。

有个财主 N 先生听了这话只好说:

"一定请您卖给我!说实在的,我打算在孤岛的别墅里一个人静静地过上一段时间。我就是想在那儿使用。"

"那就卖给您吧,会有用处的!"博士点了点头。

N 先生付了一大笔款子,于是就买下了机器人。

N 先生到岛上的别墅那儿去了,来接他的船要过一个月才会来。

"有了机器人伺候,我就可以舒舒服服地度假了。不仅不用看信、看文件,而且连电话也不会打来。先来根烟抽抽,怎么样?"

N 先生这么一嘟哝,机器人马上拿出香烟,跟着又给他点上了火。

"果然,是有两下子。不过,我的肚子也饿起来啦!"

"是，明白了！"机器人应声道。

一会儿工夫，它就做好饭菜端了上来。饭菜到口的N先生心满意足地说：

"还真行哪，真不愧是一个优秀的机器人！"

机器人不但会做菜，而且还会收拾整理房间，甚至连旧钟表也会修理。除了这些，它还能够一个接一个地给主人讲述许多美妙有趣的故事。真是个无可挑剔的仆人。就这样，对N先生来说，眼看就开始过上美滋滋的日子了。

可是，过了两天的光景，情形就有点异样了。突然，机器人不动了。即使大声命令，敲它的脑袋也无济于事。问它什么原因，也不吱个声。

"哎呀，像是出毛病了！"

N先生无可奈何，只好自己动手做饭了。可是过了一阵子，机器人却又像往常一样乖乖地开始干活了。

"有时，我也不能不让它休息休息啊！"

看来好像事情并非N先生所想的那样。第二天，机器人擦玻璃擦到一半就溜走了。N先生急急忙忙地追赶上去，可怎么也抓不住它。N先生左思右想，最后费尽功夫挖了好多陷阱，总算用这个方法把机器人给捉回来了。再命令它一下看看，它好像忘记了刚才的胡闹一样，又卖力地干起活来。

"真是莫名其妙！"

N先生觉得很奇怪，思索了片刻。可这儿是孤岛，又不能够去向博士问个明白。机器人不知为什么每天总要惹是生非。有一次，它突然发疯似的乱闹起来，竟然挥动着胳膊，拼命追扑过来。这次该 N 先生逃跑了。他满头大汗，不停地跑着，总算爬到一棵树上躲藏起来，这才安然无事。过些日子，机器人又安分守己了。

"它是不是想玩捉迷藏呢？不，一定是身上哪部分出了毛病。我买了个'神经'不正常的机器人！"

就这样，一个月过去了。N 先生坐上来接他的船回到了城里。他第一件事就是去找博士大发一通牢骚：

"倒大霉了！那个机器人几乎天天又是出毛病又是发疯！"

然而，博士却心平气和地答道：

"那就好喽！"

"好什么呀！快把付的钱还给我吧！"

"请您听我解释。不用说，我制作的机器人是既无毛病也不会发疯的。可是，倘若同它一起过一个月，因运动不足而过胖或变傻，那可就麻烦了吧！所以，对于人来说，还是这样多活动活动的好啊！"

"是这么回事吗？" N 先生似乎明白又似乎有点不满地嘟囔着。

老鼠找妻子

[法国] 玛丽·德·法兰西 著　吴冀风 译

从前有一只老鼠，十分骄傲自满，因而他拒绝从亲戚和同类中寻找妻子。他说，他宁愿没有妻子，除非他能够赢得宇宙间最强大者的女儿的青睐。

于是他到了太阳——强中之强者那里。他要求太阳给他女儿。太阳说，他应该到别的地方去找一个更强大的——那就是隐蔽和遮盖大地的云。他自己，太阳，不能穿过云去照耀大地。于是老鼠到了云那里，对云说他想向云的女儿求婚。但是云告诉他到别处去找，因为还有比云更强的——那就是风。因为风一吹，云就散了。

"那么，我就到他那里去，"老鼠说，"你就留着你的女儿吧。"于是他到了风那里，对风说，云告诉他，风才是最强大的，因为风所到之处，摧毁一切。因此，他想要风的女儿。风回答说："你受骗了，你在这里找不到妻子，因为还有一个比我更强大的——他使我发怒，然而他仍然能稳稳当当地顶住我。这个更强大者是一座高塔，它又高又牢，我怎么也吹不倒它，晃不动它。"老鼠回答说："那么，我对你的女儿没有兴趣了。我必须要最强大者的女儿,所以我要去找塔。"

于是他到了塔那里,要娶塔的女儿。塔低头看看他,对他说:"你错了。叫你到这里来的人是在捉弄你,因为你会发现有一个比我更强大的,对他我不能忍受。"

"那么,他是谁呢?"老鼠问。

"那就是,"塔回答,"老鼠,她在我下面筑了个窝,多么坚硬的灰泥她都能咬碎。她在我下面挖掘,把我咬穿。没有任何办法挡得住她。"

"什么?哈!哈!"老鼠说,"这真是奇怪的新闻!老鼠是我的亲戚。我想往上高攀,末了,我还得回到我自己的同类中来。"

"这就是你的命运。"塔回答说,"回家去吧,要学会不要再轻看你的同类。老鼠先生,除了一只小老鼠外,你再也找不到更好的妻子了。"

老房子三号

[南斯拉夫] 贝洛奇 著 叶君健 译

我们的城市变得非常漂亮了。马路都修补了，也开辟了许多公园。在这些公园里安放了许多凳子，还设有一些秋千架。许多新的房子也修建起来了，老的房子也油漆一新了。至于那些太老的房子，人们则决定拆除掉。

在一条叫作"黄色街"的街上有一幢房子非常老，那里所有的住户搬走已经有一年了。这幢房子现在空空洞洞，一点声音也没有。它看上去像是被封闭了，再也不会有人要搬进去住了。但有些孩子却跑到那里去瞧了一下。

"怎样拆掉它呢？"罗茜妮问。

"第一步从屋顶开始。把那些瓦堆在院子里，留待以后再用——那时人们将会再建一座新房子。"维克多解释道。

"我们进去瞧瞧看里面有些什么东西！"波布说。他们于是便都拥进屋里去，拥进楼梯间去，他们跑进一些房间里，大声叫喊；他们所能听到的只是那些空洞的房间所发出的回音。在厨房里，罗茜妮发现了一只白猫。她在眨着眼睛，伸着懒腰。

"只有你住在这里吗？"大家问它。

"喵。"它回答。

"那么你就算是我们的猫了！"罗茜妮说。

这只猫儿又喵喵地叫了几声。

但是在市政厅里，人们给工人下达了这样一个指示："到黄色街去把那里的三号老房子拆除掉。"

工人们坐着卡车出发了。他们穿过了五个十字路口，然后他们就向左拐。黄色街上来往的汽车不多。钻进那幢老房子的孩子们都跑到窗口边来。卡车在三号门口停下了。工人们抬起头来向这座房子瞧了瞧，不知道怎么办才好。他们喊："这不是要拆除的那幢房子！它里面住满了孩子呀！"

他们于是便离开了。他们在城里各处去找另一条黄色街和另一座三号房子。但他们什么也没有找到。

在厨房里，孩子们围着那只猫儿坐下来。他们要做一些计划：在回到自己家里去吃早饭以前，他们都答应午后一定要在这三号集合。这座老房子现在已经是属于他们的了。他们将要在这里过有趣的生活！

瞧他们是怎样安排这幢房子的。他们从自己父母家的地窖和储藏室里带来了一些旧木匣子，然后把匣子又改装成为桌子、椅子和小柜。每人都有一个小柜柜，里面摆设着他们自己心爱的一些东西：金纸和银纸啦，玻璃球啦，从杂志上剪下来的一些彩色画啦，一些有趣的书啦，小镜子啦，颜料管啦，一把锤子啦，弹弓啦，等等。

孩子们用彩色纸剪出一些揩嘴用的餐巾。他们还用罐头瓶子做出一些漂亮的花瓶。他们还从家里搬来一些花钵子，现在也摆在窗台上。这座房子现在又变得年轻了。

但是市政厅又把工人们喊去，向他们传达了关于这个城市的计划，说："就在今天，黄色街上的那座三号房得拆除掉！"

工人们在那个三号房面前经过了好几次。每次他们都停下来，对自己说："但这并不是一个老房子呀。它里面住着人。每个窗台上还放着花！"

他们又离去了。这一整天他们寻找那另一条黄色街和那另一座三号房子，但是毫无结果。

孩子们也把院子布置了一下。他们在这里种了欧芹菜和胡萝卜，萝卜和草莓。他们还给这个院子修了一个篱笆。接着他们又在大门上公布了一个住户名单。

他们的父母现在发现，要劝说他们的孩子每晚回到家里，回到自己床上去睡觉，倒成了一件相当困难的事了。那只白猫已经对他们宣誓，要效忠于这些孩子。它每天夜里迈开它那天鹅绒般柔软的步子，在这幢房子的周围巡逻。它什么人也不让进屋。

有一天天气变得冷起来了。罗茜妮在炉子里生起火，给大家煮可可茶吃。十个孩子围着一张大桌子坐下来。这儿的确是很舒服,很温暖。

载着工人的卡车又在这座房子面前停下了。孩子们跑到窗口那儿,喊:"叔叔们好!叔叔们好!"

工人也回答说:"你们好!"接着波布也走下楼来了。他和他们交涉,他们是否可以运点白沙子来,把院子里的那些小径铺上沙子。

"当然可以,我们将搬运一些来。"工人们表示同意。他们接着就离开了,说:"这是我们第三次被派来拆除黄色街三号的房子!不过这并不是一座老房子呀。每次它显得更年轻。它的烟囱甚至还在冒烟。这里住满了孩子,院子也料理得很好,而且门槛上还坐着一只漂亮的白猫。"

他们回到市政厅来。他们报告说,黄色街的整条街上只有那座三号房子最可爱。这样,市长只好再研究一下那张有关要拆除的老房子的单子,把那三号房划掉。

牵手阅读

常言说人算不如天算,《两位国王和两座迷宫》就充分说明了这一点;向往王权富贵的达摩克利斯在体验了国王的权杖之烦恼后开始珍惜自己的平民生活;在一番苦苦找寻之后,国王终于在葡萄园里找到了一个快乐的小伙子,但是这个幸福的人根本就没有

穿衬衣——幸福从来不是外在于心灵的东西……在这些看似出人意料的结果中，其实都隐含着生活的必然逻辑。

自由是什么？快乐是什么？幸福又是什么？优秀的文字的背后，往往都隐含了对这些人生根本问题的追问。在戏剧化的情节设置和巧妙的故事构思里，我们体悟到的，是素朴的生活常识和生存之道。

特殊的环境，特殊的人

环境与人，这是一个古老的文学命题。巴黎圣母院与敲钟人卡西莫多、鲁镇与祥林嫂、蛮荒孤岛与鲁滨孙、水泊梁山与一百零八好汉……这些典型环境中的典型人物，也成为世界文学画廊中有恒久魅力的经典人物。

特定的经历，特定的职业，特定的场景，都会给置身于其中的人带来特殊的性格和气质，呈现出不同的风貌，正所谓环境造人。而如何传神地表现出特殊环境中的特殊的人，则需要作家有对世事人生的深刻洞悉和精细描摹。

为我唱首歌吧

［英国］艾德里安 著　唐林 文军 译

在伦敦儿童医院这间小小的病室里，住着我的儿子艾德里安和其他七个孩子。艾德里安最小，只有四岁，最大的是十二岁的弗雷迪，其次是卡罗琳、伊丽莎白、约瑟夫、赫米尔、米丽雅姆和莎丽。

这些小病人，除开十岁的伊丽莎白，全是白血病的牺牲品，他们活不了多久了。伊丽莎白天真可爱，有一双蓝色的大眼睛，一头闪闪发光的金发，孩子们都很喜欢她，同时，又对她满怀真挚的同情，这是我每天去看望儿子，与他和孩子们的交谈中知道的。唉，不幸之中的同伴，分享着每一件东西，甚至分享每个孩子父母所带来的爱。

伊丽莎白的耳朵后面做了一次复杂的手术，再过大约一个月，听力就会完全消失，再也听不见什么声音。伊丽莎白热爱音乐，热爱歌唱。她的歌声圆滑舒缓、婉转动听，显示出作为一个音乐家的超人才能，这些使她将要变聋的前景更加悲惨。不过，在同伴们的面前，她从不唉声叹气，只是偶尔地，当她以为没人看见她时，沉默的泪水会渐渐地、渐渐地充满两眼，扑簌簌从苍白的脸蛋儿流下。

伊丽莎白热爱音乐胜过一切。她是那么喜欢听人唱歌，就像喜欢自己演唱一样。每当我给艾德里安铺好床后，她总是示意我去儿童游戏室。在那经过一天的活动后，安静的、空荡荡的房间里，她自己坐在一张宽大的椅子上，让我坐在她的旁边，紧紧拉着我的手，声音颤抖抖地恳求："给我唱首歌吧！"

我怎么忍心拒绝这样的请求呢？我们面对面坐着，她能够看见我嘴唇的翕（xī）动，我尽可能准确地唱上两首歌。她呢，着迷似的听着，脸上透出专注喜悦的神情。我唱完，她就在我的额头上亲吻一下，表示感谢。

我说过，小伙伴们为伊丽莎白的境况感到忐忑不安，他们决定要做一些事情使她快活。在十二岁的弗雷迪倡导下，孩子们做出了一个决定，然后带着这个决定去见他们认识的朋友希尔达·柯尔比护士阿姨。

最初，柯尔比护士听了他们的打算大吃一惊："你们想为伊丽莎白的十一岁生日举行一次音乐会？"她叫了起来，"而且只有三周时间！你们是发疯了吗？"这时候，她看见了孩子们渴望的神情，她不由自主地被感动了，她想了想，补充道："你们真是全疯啦！不过，让我来帮助你们吧！"

柯尔比护士抓紧时间履行自己的诺言，一下班就乘出租汽车去一所音乐学校，拜访老朋友玛丽·约瑟芬修女，她是音乐和唱诗班教师。她们见面简单地寒暄后，玛丽问："柯尔比，你来这里有什么事情？"

"玛丽，"柯尔比说，"我问你，让一群根本没有音乐知识的孩子组个合唱队，并在三周后举行一次音乐会，这可能吗？"

"可能。"玛丽的回答是肯定的，"不是也许，而是可能。"

"上帝保佑你，玛丽！"柯尔比护士高兴得像孩子似的，"我知道你办得到。"

"请等一下，柯比，"被弄得稀里糊涂的玛丽打断她的话，"请说清楚一些，也许，我不值这样的祝福哩。"

二十分钟后，两位老朋友在音乐学校的阶梯上分手。"上帝保佑你，玛丽！"柯尔比又重复一遍，"星期三下午三点钟见。"

当伊丽莎白去接受每天的治疗时，柯尔比护士把自己的计划告诉了弗雷迪和孩子们，弗雷迪询问："她叫什么名字？是叔叔还是阿姨？她怎么会叫玛丽·约瑟芬呢？"

"弗雷迪，她是一个修女，在伦敦最好的音乐学校当教师。她准备来训练你们唱歌——一切免费。"

"太好啦！"赫米尔一声尖叫，"我们一定会唱得挺棒的。"

事情就这么决定下来。在玛丽·约瑟芬修女娴熟的指导下，孩子们每天练习唱歌，当然是在伊丽莎白接受治疗的时候。只有一个大难题，怎么把九岁的约瑟夫也吸收入合唱队？显然，不能丢下他不管，可是，

他动过手术，再也不能使用声带了呀！

当其他孩子全被安排好在各自唱歌的位置上时，玛丽注意到约瑟夫正神色悲哀地望着她。"约瑟夫，你过来，坐在我的身边，我弹钢琴，你翻乐谱，好吗？"

一阵近乎惊愕的沉默之后，约瑟夫的两眼炯炯发光，随即合上，喜悦的泪水夺眶而出，他迅速在纸上写下一行字："修女阿姨，我不会识谱。"

玛丽低下头微笑地看着这个失望的小男孩，向他保证："约瑟夫，不要担心，你一定能识谱的。"

真是不可思议，仅仅三周时间，玛丽修女和柯尔比护士就把六个快要死去的孩子组成了一个优秀的合唱队，尽管他们中没有一个具有出色的音乐才能，就连那个既不能唱歌也不能说话的小男孩也成了一个自信心十足的翻乐谱者。

同样出色的是，保守这个秘密也十分成功。在伊丽莎白生日的这天下午，当她被领进医院的小教堂里，坐在一个"宝位"上（一辆手摇车里），她的惊奇显而易见，激动使她苍白、漂亮的面庞涨得绯红，她身体前倾，一动不动，聚精会神地听着。

尽管所有的听众——伊丽莎白、十位父母和三位护士——坐在仅离舞台三米远的地方，我们仍然难以清楚地看见每个孩子的面孔，因为泪水遮住了视线；但是，我们能够毫不费力地听见他们的歌唱。在演出开始前，玛丽告诉孩子们："你们知道，伊丽莎白的听力已是非常非常的微弱，因此，你们必须尽力大声地唱。"

音乐会获得了成功。伊丽莎白欣喜若狂，一片酡红的、娇媚的红晕在她苍白的脸上闪闪发光，眼里闪耀出奇异的光彩。她大声说，这是她最最快乐、最最快乐的生日！合唱队十分自豪地欢呼起来，乐得又蹦又跳；约瑟夫眉飞色舞、喜悦异常。我想，这时候，我们这些大人们流的眼泪更多。

谁都知道，患不治之症快要死去的孩子，他们忍受病痛同死神决斗的信念，他们的势不可当的勇气，使我们这些人的心都快要碎了。

这次最令人难忘，最值得纪念的音乐会，没有打印节目表，然而，我有生以来从没有听见，也不曾希望会听见，比这更动人心弦的音乐，即使到了今天，倘若我闭上眼睛，我仍然能够听见它那每一个震颤人心的音符。

如今，那六副幼稚的歌喉已经静默多年，那七名合唱队的成员正在地下安睡长眠，但是我敢保证，那个已经结婚、成了一个金发碧眼女儿的母亲的伊丽莎白，在她记忆的耳朵里，仍然能够听见那六个幼稚的声音，欢乐的声音，生命的声音，给人力量的声音，它们是她曾经听见的最后声音。

桥边的老人

[美国] 海明威 著　宗白 译

一个戴钢丝边眼镜的老人坐在路旁，衣服上尽是尘土。河上搭着一座浮桥，大车、卡车、男人、女人和孩子们在拥挤地过桥。骡车从桥边蹒跚地爬上陡坡，一些士兵扳着轮辐在帮着推车。卡车嘎嘎地驶上斜坡就开远了，把一切抛在后面，而农夫们还在齐到脚踝的尘土中踯躅着。但那个老人却坐在那里，一动也不动。他太累，走不动了。

我的任务是过桥去侦察对岸的桥头堡，查明敌人究竟推进到了什么地点。完成任务后，我又从桥上回到原处。这时车辆已经不多了，行人也稀稀落落，可是那个老人还在原处。

"你从哪儿来？"我问他。

"从圣卡洛斯来。"他说着，露出笑容。

那是他的故乡，提到它，老人便高兴起来，微笑了。

"那时我在看管动物。"他对我解释。

"噢。"我说，并没有完全听懂。

"唔，"他又说，"你知道，我待在那儿照料动物。

我是最后一个离开圣卡洛斯的。"

他看上去既不像牧羊的,也不像管牛的。我瞧着他满是灰尘的黑衣服、尽是尘土的灰色面孔以及那副钢丝边眼镜,问道:"什么动物?"

"各种各样。"他摇着头说,"唉,只得把它们抛下了。"

我凝视着浮桥,眺望充满非洲色彩的埃布罗河①三角洲地区,寻思究竟要过多久才能看到敌人,同时一直倾听着,期待第一阵响声,它将是一个信号,表示那神秘莫测的遭遇战即将爆发,而老人始终坐在那里。

"什么动物?"我又问道。

"一共三种,"他说,"两只山羊,一只猫,还有四对鸽子。"

"你只得抛下它们了?"我问。

"是啊。怕那些大炮呀。那个上尉叫我走,他说炮火不饶人哪。""你没家?"我问,边注视着浮桥的另一头,那儿最后几辆大车正匆忙地驶下河边的斜坡。

"没家,"老人说,"只有刚才讲过的那些动物。猫,当然不要紧。猫会照顾自己的,可是,另外几只东西怎么办呢?我简直不敢想。"

"你的政治态度怎样?"我问。

"政治跟我不相干。"他说,"我七十六岁了。我已经走了十二公里,我想我现在再也走不动了。"

---

① 埃布罗河:西班牙境内最长的一条河。

"这儿可不是久留之地,"我说,"如果你勉强还走得动,那边通向托尔托萨①的岔路上有卡车。"

"我要待一会,然后再走。"他说,"卡车往哪儿开?"

"巴塞罗那②。"我告诉他。

"那边我没有熟人。"他说,"不过我非常感谢你。再次非常感谢你。"

他疲惫不堪地茫然瞅着我,过了一会又开口,为了要别人分担他的忧虑。"猫是不要紧的,我拿得稳。不用为它担心。可是,另外几只呢,你说它们会怎么样?"

"噢,它们大概挨得过的。"

"你这样想吗?"

"当然。"我边说边注视着远处的河岸,那里已经看不见大车了。

"可是在炮火下它们怎么办呢?人家叫我走,就是因为要开炮了。"

"鸽笼没锁上吧?"我问。

"没有。"

"那它们会飞出去的。"

"嗯,当然会飞。可是山羊呢?唉,不想也罢!"他说。

---

① 托尔托萨:西班牙塔拉戈纳省的一个城市。
② 巴塞罗那:西班牙最大的港口城市。

"要是你歇够了，我得走了。"我催他，"站起来，走走看。"

"谢谢你！"他说着撑起身来，摇晃了几步，向后一仰，终于又在路旁的尘土中坐了下去。

"那时我在照看动物。"他木然地说，可不再是对着我讲了。

"我只是在照看动物。"

对他毫无办法。那天是复活节的礼拜天，法西斯正在向埃布罗河挺进。可是天色阴沉，乌云密布，法西斯飞机没能起飞。这一点，再加上猫会照顾自己，或许就是这位老人仅有的幸运吧。

差不多先生传

胡适 著

你知道中国最有名的人是谁?

提起此人,人人皆晓,处处闻名。他姓差,名不多,是各省各县各村人氏。你一定见过他,一定听过别人谈起他。差不多先生的名字天天挂在大家的口头,因为他是中国全国人的代表。

差不多先生的相貌和你和我都差不多。他有一双眼睛,但看得不很清楚;有两只耳朵,但听得不很分明;有鼻子和嘴,但他对于气味和口味都不很讲究。他的脑子也不小,但他的记性却不很精明,他的思想也不很细密。

他常常说:"凡事只要差不多,就好了。何必太精明呢?"

他小的时候,他妈叫他去买红糖,他买了白糖回来。他妈骂他,他摇摇头说:"红糖白糖不是差不多吗?"

他在学堂的时候,先生问他:"直隶省(大抵在今河北省)的西边是哪一省?"

他说是陕西。先生说,"错了。是山西,不是陕西。"他说："陕西同山西，不是差不多吗？"

后来他在一个钱铺里做伙计；他也会写，也会算，只是总不会精细。十字常常写成千字，千字常常写成十字。掌柜的生气了，常常骂他。他只是笑嘻嘻地赔小心道："千字比十字只多一小撇，不是差不多吗？"

有一天，他为了一件要紧的事，要搭火车到上海去。他从从容容地走到火车站，迟了两分钟，火车已开走了。他白瞪着眼，望着远远的火车上的煤烟，摇摇头道："只好明天再走了，今天走同明天走，也还差不多。可是火车公司未免太认真了。八点三十分开，同八点三十二分开，不是差不多吗？"

他一面说，一面慢慢地走回家，心里总不明白为什么火车不肯等他两分钟。

有一天，他忽然得了急病，赶快叫家人去请东街的汪医生。那家人急急忙忙地跑去，一时寻不着东街的汪大夫，却把西街牛医王大夫请来了。差不多先生病在床上，知道寻错了人；但病急了，身上痛苦，心里焦急，等不得了，心里想道："好在王大夫同汪大夫也差不多，让他试试看罢。"于是这位牛医王大夫走近床前，用医牛的法子给差不多先生治病。不上一点钟，差不多先生就一命呜呼了。

差不多先生差不多要死的时候，一口气断断续续地说道："活人同死人也差……差……差不多，……凡事只要……差……差……不多……就……好了，……何……何……必……太……太认真呢？"他说完了这句

想照彩照的大熊猫

格言，方才绝气了。

他死后，大家都很称赞差不多先生样样事情看得破，想得通；大家都说他一生不肯认真，不肯算账，不肯计较，真是一位有德行的人。于是大家给他取个死后的法号，叫他作"圆通大师"。

他的名誉越传越远，越久越大。无数无数的人都学他的榜样。于是人人都成了一个差不多先生。然而中国从此就成为一个懒人国了。

特殊的环境，特殊的人

父 亲

[美国] 罗伊·波普金 著　董博 译

故事发生在布鲁克林市中心的一处街角。一位正在穿越马路的老人突然虚脱了。很快,救护车载着老人向医院呼啸而去。老人在医院里不多的几次恢复神志时,总在喃喃地轻唤着自己的儿子。护士从老人身上一封读得卷了边的信上得知,老人的儿子是一名海军陆战队员,驻扎在北卡罗来纳①。于是医院的人向布鲁克林②的红十字办公室求助。寻找老人儿子的通知很快辗转飞到了北卡罗来纳海军陆战队基地的红十字协会负责人那里。由于老人行将就木,红十字会的人和陆战队的一名军官乘着吉普出发了。年轻人正在一处泥泞的沼泽中摸爬滚打。他被吉普车载着飞驰向机场,搭上了一班可以让他见上一面他垂死父亲的飞机。

当年轻的陆战队员走进医院的门厅时,夜色已深。护士把疲惫不堪却心急如焚的军人带到了病床边。

"你的儿子来了。"护士轻轻地告诉老人,接着又

---

① 北卡罗来纳:美国东南部大西洋沿岸的一个州。
② 布鲁克林:美国纽约的一个区。

重复了许多遍，直到老人睁开眼睛。老人被注射了大剂量镇静剂，恍惚间发现身穿海军陆战队制服的年轻人站在氧气罩外面，于是向他伸出手。

年轻的陆战队员马上用他那有力的手握住了老人。护士拿来了椅子，陆战队员在床边坐了下来。

医院的夜是漫长的。漫漫长夜中，年轻人就一直坐在灯光昏暗的病房中，执着老人的手，向他传递着希望和力量。护士几次让年轻人休息活动一下，他都谢绝了。

每次护士来到病房时，年轻的军人都坐在那儿，时而喃喃地对老人说几句。对她的到来和医院夜里的一切声响都浑然不觉——无论是医务人员换班时相互的叮嘱，还是其他病人的呻吟，抑或是鼾声。而老人却始终缄口不语，只是紧紧地握着儿子的手。

黎明来临前，老人去了。年轻的陆战队员从床边挪开已经被老人握得麻木的手，然后去通知了护士。护士去料理老人后事的工夫，年轻人点了支烟——这还是他来到医院后的第一支烟。

料理完老人后，护士回到了办公室，年轻人还等在那里。她正要说些节哀之类的劝慰之词时，年轻人打断了她。"这人是谁？"年轻人问。

"他是你父亲啊！"护士很诧异。

"不，他不是我父亲。"年轻人很平静，"以前我从没见过他。"

"那我带你见到他时，你怎么不说呢？"

"我当时就明白了,这是个误会,但是我也知道——他需要我。所以我留下了。"说完,陆战队员转身离开了医院。

两天后,一封来自北卡罗来纳州海军陆战队基地的例行公函通知布鲁克林红十字会说,老人真正的儿子正在赶去布鲁克林参加父亲葬礼的路上——人事处事后才发现,基地里有两个重名而且身份号码相近的队员。当初他们错拿了一份记录。

然而,正是那个被误会的年轻军人却在一个特殊的时刻成了老人真正的儿子,并以一种独特的方式证明了人类应如何相等。

宋 妈

林海音 著

四个小板凳就摆在对门的大树阴底下，宋妈带着我们四个人——我，珠珠，弟弟，燕燕——坐在新板凳上讲故事。燕燕小，挤在宋妈的身边，半坐半靠着，吃她的手指头玩。

"你家小栓子多大了？"我问。

"跟你一般儿大，九岁喽！"

小栓子是宋妈的儿子。她这两天正给我们讲她老家的故事：地里的麦穗长啦，山坡的青草高啦，小栓子摘了狗尾巴花扎在牛犄角上啦。她手里还拿着一只厚厚的鞋底，用粗麻绳纳得密密的，是给小栓子做的。

"那么他也上三年级啦？"我问。

"乡下人有你这好命儿？他成年价给人看牛哪！"她说着停了手里的活儿，举起锥子在头发里划几下，自言自语地说，"今年个，可得回家看看了，心里老不顺序。"她说完愣愣的，不知在想什么。

"那么你家丫头子呢？"

其实丫头子的故事我早已经知道了，宋妈讲过好几遍。宋妈的丫头子和弟弟一样，今年也四岁了。她

生了丫头子，才到城里来当奶妈，一下就到我们家，做了弟弟的奶妈。她的奶水好，弟弟吃得又白又胖。她的丫头子呢，就在她来我家试妥了工以后，让她的丈夫抱回乡下去给人家奶去了。我问一次，她讲一次，我也听不腻就是了。

"丫头子呀，她花钱给人家奶去啦！"宋妈说。

"将来还归不归你？"

"我的姑娘不归我？你归不归你妈？"她反问我。

"那你为什么不自己给奶？为什么到我家当奶妈？为什么你赚的钱又给了人家去？"

"为什么？为的是——说了你也不懂，俺们乡下人命苦呀！小栓子他爸爸没出息，动不动就打我，我一狠心就出来当奶妈自己赚钱！"

我还记得她刚来的那一天，是个冬天，她穿着大红棉袄，里子是白布的，油亮亮的很脏了。她把奶头塞到弟弟的嘴里，弟弟就咕嘟咕嘟地吸呀吸呀，吃了一大顿奶，立刻睡着了，过了很久才醒来，也不哭了。就这样留下她当奶妈的。

过了三天，她的丈夫来了，拉着一匹驴，拴在门前的树干上。他有一张大长脸，黄板儿牙，怎么这么难看！妈妈下工钱了，折子上写着：一个月四块钱，两副银首饰，四季衣裳，一床新铺盖，过一年零四个月才许回家去。

穿着红棉袄的宋妈，把她的小孩子包裹在一条旧花棉被里，交给她的丈夫。她送她的丈夫和孩子出来

特殊的环境，特殊的人

时，哭了，背转身去掀起衣襟在擦眼泪，半天抬不起头来。媒人店的老张劝宋妈说：

"别哭了，小心把奶憋回去。"

宋妈这才止住哭，她把钱算给老张，剩下的全给了她丈夫。她嘱咐她丈夫许多话，她的丈夫说：

"您放心吧。"

他就抱着孩子牵着驴，走远了。

到了一年四个月，黄板儿牙又来了，他要接宋妈回去，但是宋妈舍不得弟弟，妈妈又要生小孩，就把她留下了。宋妈的大洋钱，数了一大垛交给她丈夫，他把钱放进蓝布褡裢里，叮叮当当的，牵着驴又走了。

以后他就每年来两回，小叫驴拴在院子里墙犄角，弄得满地的驴粪球，好在就一天，他准走。随着驴背滚下来的是一个大麻袋，里面不是大花生，就是大醉枣，是他送给老爷和太太——我爸爸和妈妈的。乡下有的是。

我简直想不出宋妈要是真的回她老家去，我们家会成什么样儿。谁给我老早起来梳辫子上学去？谁喂燕燕吃饭？弟弟挨爸爸打的时候谁来护着？珠珠拉了屎谁来给擦？我们都离不开她呀！

可是她常常要提回家去的话，她近来就问了我们好几次："我回俺们老家去好不好？"

"不许啦！"除了不会说话的燕燕以外，我们齐声反对。

春天弟弟出麻疹闹得很凶，他紧闭着嘴不肯喝那芦根汤，我们围着鼻子眼睛起满了红疹的弟弟。妈说：

"好，不吃药，就叫你奶奶回去！回去吧！宋妈！把衣服，玩意儿，都送给你们小栓子、小丫头子去！"

宋妈假装一边往外走一边说：

"走喽！回家喽！回家找俺们小栓子、小丫头子去哟！"

"我喝！我喝！不要走！"弟弟可怜巴巴地张开手，要过妈妈手里的那碗芦根汤，一口气喝下了大半碗。宋妈心疼得什么似的，立刻搂抱起弟弟，把头靠着弟弟滚烫的烂花脸儿说：

"不走！我不会走！我还是要俺们弟弟，不要小栓子，不要小丫头子！"跟着，她的眼圈可红了，弟弟在她的拍哄中渐渐睡着了。

前几天，一个管宋妈叫大婶儿的小伙子来了，他来住两天，想找活儿做。他会用铁丝给大门的电灯编灯罩儿，免得灯泡儿被贼偷走。宋妈问他说：

"你上京来的时候，看见我家栓子好吧？"

"嗯？"他好像吃了一惊，瞪着眼珠，"我倒没看见，我是打刘村我舅舅那儿来的！"

"噢。"宋妈怀着心思地呆了一下，又问，"你打你舅舅那儿来的，那，俺们丫头子给刘村的金子他妈奶着，你可听说孩子结实吗？"

"哦？"他又是一惊，"没——没听说。准没错儿，放心吧！"

停一下他可又说：

"大婶儿,您要能回趟家看看也好,三四年没回去啦!"

等到这个小伙子走了,宋妈跟妈妈说,她听了她侄子的话,吞吞吐吐的,很不放心。

妈妈安慰她说:

"我看你这侄儿不正经,你听,他一会儿打你们家来,一会儿打他舅舅家来。他自己的话都对不上,怎么能知道你家孩子的事呢!"

宋妈还是不放心,她说:

"打今年个一开年,我心里就老不顺序,做了好几回梦啦!"

她叫了算命的给解梦。礼拜那天又叫我替她写信。她老家的地名我已经背下了:顺义县牛栏山冯村,妥交冯大明吾夫平安家信。

"念书多好,看你九岁就会写信,出门丢不了啦!"

"信上说什么?"我拿着笔,铺一张信纸,逗起能来。

"你就写呀,家里大小可平安?小栓子到野地里放牛要小心,别尽顾得下水里玩,我给做好了两双鞋一套裤褂。丫头子那儿别忘了到时候送钱去!给人家多道道乏。拿回去的钱前后快二百块了,后坡的二分地该赎就赎回来,省得老种人家的地。还有,我这儿倒是平安,就是惦记着孩子,赶下个月要来的时候,把栓子带来我瞅瞅也安心。还有……"

"这封信太长了!"我拦住她没完没了的话,"还是让爸爸写吧！"

爸爸给她写的信寄出去，宋妈这几天很高兴。现在，她问弟弟说：

"要是小栓子来，你的新板凳给不给他坐？"

"给呀！"弟弟说着立刻就站起来。

"我也给。"珠珠说。

"等小栓子来，跟我一块儿上附小念书好不好？"我说。

"那敢情好，只要你妈答应让他在这儿住着。"

"我去说！我妈妈很听我的话。"

"小栓子来了，你们可别笑他呀，英子，你可是顶能笑话人！他是乡下人，可土着呢！"宋妈说得仿佛小栓子等会儿就到似的。她又看看我说：

"英子，他准比你高，四年了，可得长多老高呀！"

宋妈高兴得抱起燕燕，放在她的膝盖上。膝盖头颠呀颠的，她唱起她的歌：

"鸡蛋鸡蛋壳壳儿，里头坐个哥哥儿，哥哥出来卖菜，里头坐个奶奶；奶奶出来烧香，里头坐个姑娘，姑娘出来点灯，烧了鼻子眼睛！"

她唱着，用手扳住燕燕的小手指，指着鼻子和眼睛，燕燕笑得咯咯的。

宋妈又唱那快板儿的：

"槐树槐，槐树槐，槐树底下搭戏台，人家姑娘都来到，就差我的姑娘还没来；说着说着就来了，骑着驴，打着伞，光着屁股挽着纂……"

太阳斜过来了，金黄的光从树叶缝里透过来，正照着我的眼，我随着宋妈的歌声，斜头躲过晃眼的太阳，忽然看见远远的胡同口外，一团黑在动着。我举起手遮住阳光仔细看，真是一匹小驴，嘚、嘚、嘚地走过来了。赶驴的人，蓝布的半截褂子上，蒙了一层黄土。哟！那不是黄板儿牙吗？我喊宋妈：

"你看，真有人骑驴来了！"

宋妈停止了歌声，转过头去呆呆地看。

黄板儿牙一声："窝——哦！"小驴停在我们的面前。

宋妈不说话，也不站起来，刚才的笑容没有了，绷着脸，眼直直瞅着她的丈夫，仿佛等什么。

黄板儿牙也没说话，扑扑地摔打他的衣服，黄土都飞起来了。我看不起他！拿手捂着鼻子。他又摘下了草帽扇着，不知道跟谁说：

"好热呀！"

宋妈这才好像忍不住了，问道：

"孩子呢？"

"上——上他大妈家去了。"他又抬起脚来掸鞋，没看宋妈。他的白布的袜子都变黄了，那也是宋妈给做的。他的袜子像鞋一样，底子好几层，细针密线儿纳出来的。

我看着驴背上的大麻袋，不知道里面这回装的是什么。黄板儿牙把口袋拿下来解开了，从里面掏出一大捧烤得芯儿干的挂落枣给我，咬起来是脆的，味儿是辣的，香的。

"英子，你带珠珠上小红她们家玩去，挂落枣儿多拿点儿去，分给人家吃。"宋妈说。

我带着珠珠走了，回过头看，宋妈一手收拾起四个新板凳，一手抱燕燕，弟弟拉着她的衣角，他们正向家里走。黄板儿牙牵起小叫驴，走进我家门，他准又要住一夜。他的驴满地打滚儿，爸爸种的花草，又要被糟践了。

等我们从小红家回来，天都快黑了，挂落枣没吃几个，小红用细绳穿好全给我挂在脖子上了。

进门看见宋妈和她丈夫正在门道里。黄板儿牙坐在我们的新板凳上发呆，宋妈蒙着脸哭，不敢出声儿。

屋里已经摆上饭菜了。妈妈在喂燕燕吃饭，皱着眉，抿着嘴，又摇头又叹气，神气挺不对。

"妈，"我小声地叫，"宋妈哭呢！"

妈妈向我轻轻地摆手，禁止我说话。什么事情这样地重要？

"宋妈的小栓子已经死了。"妈妈沙着嗓子对我说，她又转向爸爸，"唉！已经死了一两年，到现在才说出来，怪不得宋妈这一阵子总是心不安，一定要叫她丈夫来问问。她侄子那次来，是话里有意思的。两件事一齐发作，叫人怎么受！"

爸爸也摇头叹息着，没有话可说。

我听了也很难过，不知道另外还有一件事是什么，又不敢问。

妈妈叫我去喊宋妈来，我也感觉是件严重的事，到门道里，不敢像每次那样大声呵斥她，我轻轻地喊：

"宋妈，妈叫你呢！"

宋妈很不容易地止住抽泣的哭声，到屋里来。妈对她说：

"你明天跟他回家去看看吧，你也好几年没回家了。"

"孩子都没了，我还回去干吗？不回去了，死也不回去了！"宋妈红着眼狠狠地说，并且接过妈妈手中的汤匙喂燕燕，好像这样就表示她待定在我们家不走了。

"你家丫头子到底给了谁呢？能找回来吗？"

"好狠心呀！"宋妈恨得咬着牙，"那年抱回去，敢情还没出哈德门，他就把孩子给了人，他说没要人家钱，我就不信！"

"给了谁，有名有姓，就有地方找去。"

"说是给了一个赶马车的，公母俩四十岁了没儿没女，谁知道他说的是真话假话！"

"问清楚了找找也好。"

原来是这么一回事儿，宋妈成年跟我们念叨的小栓子和丫头子，这一下都没有了。年年宋妈都给他们两个做那么多衣服和鞋子，她的丈夫都送给了谁？花棉被里裹着的那个小婴孩，到了谁家了？我想问小栓子是怎么死的，可是看着宋妈的红肿的眼睛，就不敢问了。

"我看你还是回去。"妈妈又劝她，但是宋妈摇摇头，不说什么，尽管流泪。她一匙一匙地喂燕燕，燕燕也一口一口地吃，但两眼却盯着宋妈看。因为宋妈从来没有这个样子过。

　　宋妈照样地替我们四个人打水洗澡，每个人的脸上、脖子上扑上厚厚的痱子粉，照样把弟弟和燕燕送上了床。只是她今天没有心思再唱她的《打火链儿》的歌儿了，光用扇子扑呀扑呀扇着他们睡了觉。一切都照常，不过她今天没有吃晚饭，把她的丈夫扔在门道儿里不理他。他呢，正用打火石打亮了火，吧嗒吧嗒地抽着旱烟袋。小驴大概饿了，它在地上卧着，忽然仰起脖子一声高叫，多么难听！

　　黄板儿牙过去打开了一袋子干草，它看见吃的，一翻滚，站起来，小蹄子把爸爸种在花池子边的玉簪花给踩倒了两三棵。驴子吃上干草子，鼻子一抽一抽的，大黄牙齿露着。怪不得，奶妈的丈夫像谁来着？原来是它！宋妈为什么嫁给黄板儿牙？这蠢驴！

（摘自小说《城南旧事》，题目系编者所加）

牵手阅读

　　无论是羞涩安静的孩子，还是阳光开朗的孩子；无论是艰难中求生的小奴隶，还是用生命吟唱的小患者，我们都能从他们清亮的眸子里，唇边的笑容里，

读出对生活的诚挚的爱。

无论是美国作家笔下的桥边老人,无论是北平善良勤快的保姆宋妈,还是老中国环境下的差不多先生,我们都能从他们的身上,感受出特定时代中人性的微妙和复杂。

无论怎样特殊的环境、特殊的人,真正打动我们的,是对一种高贵自由的人生的肯定和赞颂,是对人性深处秘密的探寻和揭示。

启　事

在本书的编选过程中，我们得到了许多师友的热情帮助和支持。但由于本书所选入的作者和译者人数较多，故仍有部分文章版权所有人没能联系上。出书在即，敬请海涵！更盼望您能主动和我们联系，以便奉上样书和稿酬。联系电话：0531-86131704。

出版前言

"世纪文学60家"书系的创编与推出,旨在以名家联袂名作的方式,检阅和展示20世纪中国文学所取得的丰硕成果与长足进步,进一步促进先进文化的积累与经典作品的传播,满足新一代文学爱好者的阅读需求。

为使"世纪文学60家"书系的评选、出版活动,既体现文学专家的学术见识,又吸纳文学读者的有益意见,我们采取了专家评选与读者投票相结合的方式。我们依据20世纪华文作家在中国现当代文学史上的地位与影响,经过反复推敲和斟酌,确定了100位作家及其代表作作为候选名单。其后,又约请25位中国现当代文学专家组成"世纪文学60家"评选委员会,在100位候选人名单的基础上进行书面记名投票,以得票多少为顺序,产生了"世纪文学60家"的专家评选结果。为了吸纳广大读者对20世纪华文作家及作品的相关看法和阅读意向,我们与"新浪网·读书频道"全力合作,展开了为期两个月的"华文'世纪文学60家'全民网络大评选"活动。2005年12月16日,读者评选结果在"新浪网·读书频道"正式公布。为了使"世纪文学60家"的评选与编选,能够比较客观地反映专家和读者两方面的意见,经过反复协商,最终以各占50%的权重,得出了"世纪文学60家"书系入选名单。

"世纪文学60家"书系入选作家,均以"精选集"的方式收入其代表性的作品。在作品之外,我们还约请有关专家、学者撰写了研究性序言,编制了作家的创作要目,为读者了解作家作品、创作特点和其在文学史上的地位,提供必要的导读和更多的资讯。

"世纪文学60家"评选结果

排名	作家	专家评分	读者评分	评选结果	排名	作家	专家评分	读者评分	评选结果
1	鲁迅	100	100	100	31	赵树理	85	55	70
2	张爱玲	100	97	98.5	32	梁实秋	67	71	69
3	沈从文	100	96	98	33	郭沫若	70	65	67.5
4	老舍	94	94	94	33	陈忠实	67	68	67.5
4	茅盾	100	88	94	35	张恨水	64	70	67
6	贾平凹	94	92	93	36	苏童	58	75	66.5
7	巴金	94	90	92	36	冰心	51	82	66.5
7	曹禺	100	84	92	38	穆旦	78	52	65
9	钱钟书	80	99	89.5	39	丁玲	78	47	62.5
10	余华	85	92	88.5	40	顾城	29	95	62
11	汪曾祺	100	76	88	41	舒婷	51	69	60
12	徐志摩	85	89	87	42	张承志	67	51	59
12	莫言	94	80	87	43	王朔	45	72	58.5
14	王安忆	94	77	85.5	44	刘震云	58	58	58
15	金庸	70	98	84	45	韩少功	54	57	55.5
15	周作人	94	74	84	46	阿城	54	56	55
17	朱自清	70	93	81.5	47	张洁	64	44	54
18	郁达夫	78	83	80.5	48	三毛	22	85	53.5
19	戴望舒	94	66	80	49	铁凝	51	53	52
20	史铁生	80	79	79.5	50	张炜	60	40	50
20	北岛	78	81	79.5	50	李劼人	78	22	50
22	孙犁	94	62	78	52	宗璞	64	33	48.5
22	王蒙	78	78	78	53	郭小川	58	36	47
24	艾青	94	60	77	53	柳青	58	36	47
25	余光中	78	73	75.5	55	施蛰存	51	42	46.5
26	白先勇	85	64	74.5	56	张贤亮	42	49	45.5
27	萧红	85	61	73	56	刘恒	64	27	45.5
27	路遥	60	86	73	56	高晓声	45	46	45.5
29	闻一多	78	67	72.5	56	李锐	51	40	45.5
30	林语堂	54	87	70.5	60	徐訏	45	43	44